A vida pela frente

Émile Ajar
(Romain Gary)

A vida pela frente

tradução
André Telles

todavia

*Eles disseram: "Enlouqueceste por Aquele a quem tu amas".
Eu disse: "O sabor da vida é só para os loucos".*

Yâfi'î, *Raoudh al rayâhîn*

A primeira coisa que posso dizer a vocês é que morávamos no sexto andar sem elevador e que, para Madame Rosa, com todos os quilos que carregava e com apenas duas pernas, isso era uma verdadeira fonte de vida cotidiana, com todas as preocupações e mazelas. Ela sempre nos lembrava disso todas as vezes que não ia se queixar em outras bandas, pois era igualmente judia. Sua saúde tampouco era satisfatória e posso dizer também desde logo que era uma mulher que teria merecido um elevador.

Eu devia ter uns três anos quando vi Madame Rosa pela primeira vez. Antes, não temos memória e vivemos na ignorância. Deixei de ignorar com três ou quatro anos e às vezes sinto falta disso.

Havia muitos outros judeus, árabes e negros em Belleville, mas Madame Rosa era obrigada a subir os seis andares sozinha. Dizia que um dia morreria na escada, e todos os pirralhos abriam o berreiro, porque é o que sempre fazemos quando alguém morre. Éramos seis ou sete, ou até mais lá dentro.

No começo, eu não sabia que Madame Rosa cuidava de mim só para receber uma ordem de pagamento no fim do mês. Quando descobri isso, já tinha seis ou sete anos, e para mim foi um golpe saber que eu era pago. Achava que Madame Rosa gostava de mim gratuitamente e que éramos alguém um para o outro. Chorei uma noite inteira por causa disso, e foi minha primeira grande aflição.

Madame Rosa viu claramente que eu estava triste e me explicou que família não queria dizer nada e que até havia algumas que saíam de férias e abandonavam seus cachorros amarrados em árvores, e que todo ano três mil cães morriam privados da afeição dos seus. Ela me pegou no colo e jurou que eu era o que havia de mais sagrado para ela, mas eu imediatamente pensei no pagamento e saí chorando.

Desci até o café do sr. Driss, no térreo, e me sentei em frente ao seu Hamil, que era vendedor de tapetes ambulante na França e que já tinha visto de tudo. Seu Hamil tem olhos bonitos, que fazem bem a quem está em volta. Já estava muito velho quando o conheci e desde então só fez envelhecer.

— Seu Hamil, por que o senhor está sempre sorrindo?

— Assim agradeço a Deus diariamente pela minha boa memória, pequeno Momo.

Meu nome é Mohammed, mas todo mundo me chama de Momo para encurtar.

— Há sessenta anos, quando eu era jovem, conheci uma garota que me amou e a quem também amei. Durou oito meses, depois ela se mudou de casa, e ainda lembro disso sessenta anos depois. Eu dizia a ela: eu nunca vou te esquecer. Os anos passavam e eu não a esquecia. Às vezes ficava com medo, pois eu ainda tinha muita vida pela frente, e como eu podia dar a palavra a mim mesmo, a mim, pobre homem, quando era Deus que possuía a borracha para apagar? Mas agora estou tranquilo. Não vou esquecer Djamila. Resta-me pouquíssimo tempo, vou morrer antes.

Pensei em Madame Rosa, hesitei um pouco, depois perguntei:

— Seu Hamil, é possível viver sem amor?

Ele não respondeu. Deu um gole no chá de hortelã que é bom para a saúde. De uns tempos para cá, seu Hamil usa sempre uma *jellaba* cinza, para não ser surpreendido de colete caso seja chamado. Ele me fitou e observou o silêncio. Devia pensar que eu ainda era menor e que havia coisas que eu não deveria saber. Naquele momento eu devia ter sete ou talvez oito anos, não posso dizer a vocês ao certo porque não fui datado, como vocês vão ver quando nos conhecermos melhor, se acharem que isso vale a pena.

— Por que não responde, seu Hamil?
— Você é muito moço e, quando se é muito moço, há coisas que é preferível não saber.
— Seu Hamil, é possível viver sem amor?
— Sim — ele disse, e abaixou a cabeça como se sentisse vergonha.

Caí no choro.
Durante muito tempo eu não soube que era árabe, porque ninguém me xingava. Só vim a saber na escola. Mas eu nunca brigava, é sempre uma maçada quando batemos em alguém.

Madame Rosa tinha nascido na Polônia como judia, mas se abrigou no Marrocos e na Argélia por vários anos e sabia árabe como vocês e eu. Também sabia judeu pelas mesmas razões, e nos falávamos muito nessa língua. A maioria dos outros locatários do prédio eram negros. Há três alojamentos para negros na Rue Bisson e outros dois onde eles moram em tribos, como fazem na África. Há principalmente os saracolês, que são os mais numerosos, e os tuculeres, que também não são poucos. Há muitas outras tribos na Rue Bisson, mas não tenho tempo de dizer o nome de todas para vocês. O resto da rua e do boulevard de Belleville é principalmente judeu e árabe. Continua assim até Goutte d'Or, depois é que vêm os bairros franceses.

No começo eu não sabia que não tinha mãe, muito menos que era obrigatório ter uma. Madame Rosa evitava tocar no assunto para não me dar ideias. Não sei por que nasci e o que se passou exatamente. Meu amigo, o Mahoute, que tem muito mais anos do que eu, me disse que são as condições de higiene que fazem isso. Ele nasceu numa casbá em Argel e só depois veio para a França. Ainda não havia higiene na casbá e ele nasceu porque não existia nem bidê nem água potável nem nada. O Mahoute soube de tudo isso mais tarde, quando seu pai tentou se justificar e jurou que não tinha sido má vontade de ninguém. O Mahoute me contou que agora as mulheres que se viram têm uma pílula para a higiene, mas que ele tinha nascido cedo demais.

Havia em nossa casa muitas mães que vinham uma ou duas vezes por semana, mas era sempre para os outros. Éramos quase todos filhos de putas na casa de Madame Rosa e, quando elas iam passar uns meses na província para se virarem por lá, visitavam seus pirralhos antes e depois. Foi assim que comecei a ter problemas com a minha mãe. Eu achava que todo mundo tinha uma, menos eu. Comecei a sentir umas fisgadas na barriga e a ter contrações para que ela viesse. Na calçada da frente morava um menino que tinha uma bola e que me contou que a mãe dele sempre vinha quando ele estava com dor de barriga. Tive dor de barriga, mas não deu em nada, depois tive convulsões, à toa também. Inclusive caguei no apartamento todo para chamar mais a atenção. Nada. Minha mãe não veio, e Madame Rosa me chamou de "bunda de árabe" pela primeira vez, porque ela não era francesa. Eu berrava que queria ver minha mãe e por semanas a fio continuei cagando em tudo que era lugar para me vingar. Madame Rosa acabou me dizendo que se eu continuasse era a Assistência Pública, e aí eu tive medo, porque a Assistência Pública é a primeira coisa que ensinam às crianças. Continuei a cagar por princípio, mas isso não é vida. Éramos sete filhos de putas pensionistas na casa de Madame Rosa e todos se puseram a cagar, parecia um campeonato, pois não há nada mais conformista do que um menino, e era tanto cocô espalhado que eu passava despercebido no meio daquilo tudo.

De toda forma, Madame Rosa já estava velha e cansada e não gostava nada daquilo, porque já fora perseguida como judia. Subia seus seis andares várias vezes por dia com seus noventa e cinco quilos e suas duas pobres pernas, e quando entrava e sentia o cheiro do cocô, se deixava cair com seus embrulhos em sua poltrona e começava a chorar, e é preciso compreendê-la. Os franceses são cinquenta milhões de habitantes e ela dizia que se todos tivessem feito como nós, os alemães não teriam resistido, teriam dado no pé. Madame Rosa conheceu bem a Alemanha durante a guerra, mas tinha voltado. Ela entrava, sentia o cheiro do cocô e explodia: "É Auschwitz! É Auschwitz!", pois havia sido deportada para Auschwitz, assunto de judeus. Mas era sempre muito correta no que se referia ao racismo. Por exemplo, havia entre nós um pequeno Moïse que ela chamava de "árabe sujo", mas ela nunca me tratava assim. Na época eu não percebia que, tirando o seu peso, ela tinha delicadeza. Acabei desistindo, porque aquilo não dava em nada e minha mãe não vinha, mas continuei a sentir fisgadas e a ter contrações por muito tempo, e até hoje sinto dor de barriga às vezes. Procurei então ser notado de outro jeito. Comecei a roubar nas lojas, um tomate ou um melão na banca da calçada. Eu esperava sempre alguém perceber, para que a coisa fosse vista. Quando o dono saía e me dava um tapa, eu começava a berrar, mas sempre alguém se interessava por mim.

Uma vez eu estava em frente a uma mercearia e roubei um ovo da banca. A dona era uma mulher e me viu. Eu preferia roubar onde tivesse uma mulher, pois a única coisa que eu tinha certeza é que minha mãe era uma mulher. Peguei um ovo e o meti no bolso. A dona veio e fiquei esperando ela me dar uma bofetada para que eu fosse bem notado. Mas ela se agachou ao meu lado e acariciou minha cabeça. E até me disse:

— Que bonitinho!

Primeiro, pensei que ela quisesse recuperar seu ovo apelando para o sentimentalismo e fiquei com ele na mão, no fundo do bolso. Ela só precisava me dar um tapa para me castigar, é o que uma mãe deve fazer quando flagra você. Mas ela se levantou, foi até o balcão e me deu outro ovo. E depois me beijou. Tive um momento de esperança que não consigo descrever, porque é impossível. Fiquei a manhã toda em frente à loja, esperando. Não sei o que eu esperava. Às vezes a boa mulher sorria para mim e eu não arredava dali com meu ovo na mão. Eu tinha seis anos, ou em torno disso, e acreditava que aquilo era para a vida toda, quando era apenas um ovo. Voltei para casa e tive dor de barriga o resto do dia. Madame Rosa estava na polícia para um falso testemunho que Madame Lola tinha pedido a ela. Madame Lola era uma travesti do quarto andar que trabalhava no Bois de Boulogne e tinha sido campeão de boxe no Senegal antes de se transformar, e tinha agredido um cliente que se dera mal como sádico, porque não tinha como saber. Madame Rosa tinha ido testemunhar que naquela noite tinha ido ao cinema com Madame Lola e depois assistiram tevê juntas. Vou falar muito mais de Madame Lola, ela era realmente uma pessoa que não era como todo mundo, mas elas existem. Eu gostava muito dela por isso.

Os pirralhos são todos muito contagiosos. Quando um aparece, os outros vêm logo atrás. Então éramos sete na casa de Madame Rosa, dois que só passavam o dia e que o sr. Moussa, o lixeiro que todos conheciam, deixava na hora do lixo às seis da manhã, por causa da ausência da sua mulher, que tinha morrido de alguma coisa. À tarde ele os pegava de volta para cuidar deles. Tinha o Moïse, que era ainda mais novo do que eu, o Banania, que ria o tempo todo, pois nasceu de bom humor, e o Michel, que tinha tido pais vietnamitas e que Madame Rosa não ia tolerar por nem mais um dia, porque fazia um ano que não lhe pagavam. A judia era uma boa mulher, mas tinha seus limites. O que costumava acontecer é que as mulheres que se viravam iam para longe, onde isso era muito bem pago e havia muita demanda, deixavam os pirralhos com Madame Rosa e não voltavam mais. Iam embora, e pluf. Tudo criança que não tinha conseguido ser abortada a tempo e que era desnecessária. Madame Rosa às vezes botava elas em famílias que se sentiam sozinhas e que estavam precisadas, mas isso era difícil, pois existiam leis. Quando uma mulher é obrigada a se virar, não tem direito ao poder materno, é a prostituição que quer assim. Então ela fica com medo de ser reprovada e esconde seu pirralho para não ter que entregá-lo a alguém. Aí deixa o menino na casa de pessoas que ela conhece e onde a discrição é garantida. Não posso falar de todos os filhos de putas que eu vi passarem pela casa de Madame Rosa, mas eram poucos aqueles que, como eu, estavam lá de forma definitiva. Os mais duradouros depois de mim eram Moïse, Banania e o vietnamita, que terminou fisgado por um restaurante da Rue Monsieur le Prince e que eu não reconheceria se encontrasse agora, de tanto que isso já vai longe.

Quando comecei a exigir a minha mãe, Madame Rosa me chamou de pequeno pretensioso e disse que todos os árabes eram iguais, a gente dá a mão, eles querem logo o braço. Madame Rosa no fundo não era assim, falava isso só por causa dos preconceitos, e eu sabia muito bem que era seu preferido. Quando eu cismei de berrar e os outros também desataram a berrar, Madame Rosa viu-se com sete pirralhos exigindo suas mães e fazendo um campeonato de berreiro, foi uma verdadeira crise de histeria coletiva. Ela arrancou os cabelos que já não tinha e lágrimas de ingratidão correram. Escondeu o rosto nas mãos e continuou a chorar, mas essa idade não perdoa. Até reboco caiu da parede, não porque Madame Rosa chorava, eram apenas danos materiais.

Madame Rosa tinha um cabelo grisalho que também estava caindo, porque não se segurava mais. Ela morria de medo de ficar careca, coisa terrível para uma mulher que não possui muita coisa mais. Ela tinha mais nádegas e seios do que qualquer um e, quando se olhava no espelho, dirigia a si mesma grandes sorrisos, como se procurasse se agradar. No domingo vestia-se da cabeça aos pés, punha sua peruca ruiva e ia sentar na praça Beaulieu, onde permanecia horas a fio com elegância. Maquiava-se várias vezes ao dia, mas o que é que se pode fazer? Com a peruca e a maquiagem, não ficava tanto à vista, e colocava sempre flores no apartamento para embelezar o seu entorno.

Quando se acalmou, Madame Rosa me arrastou até o WC e me xingou de líder e disse que os líderes eram sempre punidos com a prisão. Me explicou que a minha mãe via tudo que eu fazia, e que se eu quisesse encontrá-la um dia devia ter uma vida limpa e honesta, sem delinquência juvenil. O WC era pequeno, mas muito pequeno, e Madame Rosa não cabia ali inteira por causa da sua extensão, inclusive era curioso o quanto havia ali para uma pessoa tão sozinha. Acho que ela devia se sentir ainda mais sozinha ali dentro.

Quando os pagamentos paravam de chegar para algum de nós, Madame Rosa não botava o culpado na rua. Era o caso do pequeno Banania, seu pai era desconhecido e não se podia censurá-lo por nada; sua mãe mandava um pouco de dinheiro a cada seis meses, se tanto. Madame Rosa esculachava Banania, mas ele estava se lixando, porque tinha apenas três anos e sorrisos. Acho que Madame Rosa talvez entregasse Banania à Assistência, mas não seu sorriso, e como não era possível um sem o outro, ela era obrigada a ficar com os dois. Era eu o encarregado de levar Banania até os lares africanos da Rue Bisson para que ele visse negros, Madame Rosa fazia questão disso.

— Ele precisa ver negros, sem isso, mais tarde, não vai se associar.

Então eu pegava Banania e levava ele ali do lado. Ele era muito bem recebido, pois são pessoas cujas famílias permaneceram na África, e uma criança sempre faz pensar em outra. Madame Rosa não fazia a menor ideia se Banania, que se chamava Touré, era malinês, senegalês, guineano ou outra coisa qualquer, sua mãe se virava na Rue Saint-Denis antes de se aposentar em Abidjan, e essas coisas não se pode saber na profissão. Moïse também era bastante irregular, mas nesse caso Madame Rosa ficava encurralada, porque, na Assistência Pública, um judeu não faz isso com outro. Para mim, o pagamento de trezentos francos chegava todo início de mês e eu era inatacável. Acho que Moïse tinha uma mãe que sentia vergonha, os pais dela não sabiam de nada, ela era de boa família, e depois Moïse era louro de olhos azuis, e sem o nariz característico, e essas eram confissões espontâneas, bastava olhar para ele.

Meus trezentos francos por mês contadinhos impunham a Madame Rosa respeito comigo. Eu já ia pelos meus dez anos, tinha até problemas de precocidade, porque os árabes sempre ficam de pau duro primeiro. Então eu sabia que representava para Madame Rosa alguma coisa de sólido e que ela olharia para isso antes de se precipitar. Foi o que aconteceu no WC quando eu tinha seis anos. Vocês vão dizer que estou misturando os anos, mas não é verdade e, quando me der vontade, explicarei como dei uma envelhecida brusca.

— Escute, Momo, você é o mais velho, deve dar o exemplo, então não toque mais o terror aqui por causa da sua mamãe. Vocês têm sorte de não conhecer suas mães, porque na idade de vocês ainda existe sensibilidade, e elas são putas até a medula, às vezes a gente acha até que está sonhando. Sabe o que é isso, uma puta?

— São pessoas que se viram com o rabo.

— Eu me pergunto onde você aprendeu essas barbaridades, mas tem muita verdade no que disse.

— A senhora também se virou com seu rabo, Madame Rosa, quando era moça e bonita?

Ela sorriu, dava-lhe prazer ouvir que tinha sido moça e bonita.

— Você é um bom menino, Momo, mas sossegue. Me ajude. Estou velha e doente. Depois que saí de Auschwitz, só tive aborrecimento.

Ela estava tão triste que nem dava para ver que era feia. Coloquei meus braços em volta do seu pescoço e a beijei. Na rua diziam que ela era uma mulher sem coração, e é verdade que não havia ninguém para cuidar disso. Tinha aguentado o tranco sem coração por sessenta e cinco anos, e havia momentos em que era preciso perdoá-la.

Ela chorava tanto que me deu vontade de mijar.

— Desculpe, Madame Rosa, estou com vontade de mijar.

Depois eu disse:

— Madame Rosa, bom, minha mãe já sei que não é possível, mas será que não podíamos ter um cãozinho no lugar dela?

— O quê? O quê? Você acha que temos lugar para um cachorro aqui dentro? E vou alimentá-lo com quê? Quem é que vai mandar o dinheiro dele?

Mas ela não falou nada quando roubei um pequeno poodle cinza todo encaracolado no canil da Rue Calefeutre e levei para casa. Entrei no canil, perguntei se podia fazer uma festinha no cãozinho e, quando olhei para ela como sei fazer, a dona me passou o bicho. Peguei ele, o acariciei e depois chispei feito uma flecha. Se tem uma coisa que sei fazer é correr. Sem isso, a vida é impossível.

Me dei mal com esse cachorro. Comecei a gostar demais dele. Os outros também, menos talvez Banania, que cagava solenemente pra ele, já era feliz assim, sem razão, nunca vi um negro feliz com razão. Eu andava sempre com o cachorro no colo e não conseguia encontrar um nome para ele. Todas as vezes que eu pensava em Tarzan ou Zorro, sentia que em algum lugar existia um nome à espera que ninguém ainda tinha. Finalmente escolhi Súper, mas com todas as reservas e a possibilidade de mudar se encontrasse alguma coisa mais bonita. Eu tinha em mim excessos acumulados e dei tudo a Súper. Não sei o que teria feito sem ele, era realmente urgente, eu teria acabado na cadeia, provavelmente. Quando levava ele para passear, sentia-me alguém, porque eu era tudo o que ele tinha no mundo. Gostava tanto dele que até o dei. Eu já tinha nove anos, ou em torno disso, e nessa idade já pensamos, exceto talvez quando se é feliz. Convém dizer também, sem querer ofender ninguém, que na casa de Madame Rosa era triste, mesmo quando a gente se acostuma. Então, assim que Súper começou a crescer para mim do ponto de vista sentimental, eu quis dar uma vida para ele, é o que eu teria feito por mim mesmo, se fosse possível. Devo chamar a atenção para o fato de que tampouco era qualquer um, mas um poodle. Apareceu uma dama que disse aí que gracinha de totó, me perguntou se era meu e se ele estava à venda. Eu estava mal de grana, não tenho cara de ser do país e ela viu claramente que era um cachorro de outra espécie.

Vendi Súper por quinhentos francos e foi realmente um bom negócio. Pedi quinhentos francos à boa mulher porque queria ter certeza de que ela tinha recursos. Me dei bem, ela tinha até carro com chofer e botou imediatamente Súper dentro dele, no caso de eu ter pais que fossem encrencar. Agora ouçam bem, porque vocês não vão acreditar. Peguei os quinhentos francos e enfiei num ralo de esgoto. Depois sentei numa calçada e chorei feito um bezerro, com as mãos nos olhos, mas estava feliz. Na casa de Madame Rosa não havia segurança, estávamos todos na corda bamba, com a velha doente e sem dinheiro e com a Assistência Pública em cima da gente, o que não era vida para um cachorro.

Quando voltei para casa e contei que tinha vendido Súper por quinhentos francos e enfiado o dinheiro num ralo de esgoto, Madame Rosa teve um medo atroz, olhou para mim e correu a se trancar no quarto. Depois passou a se trancar à chave para dormir, com medo de que eu cortasse sua garganta de novo. Os outros meninos fizeram um tremendo carnaval quando souberam, mas eles não gostavam muito de Súper, foi só para zoar.

Na época nós éramos um monte, uns sete ou oito. Tinha a Salima, que a mãe conseguiu salvar quando os vizinhos a denunciaram como puta de rua e ela recebeu uma visita surpresa da Assistência Social por conduta indecorosa. Ela interrompeu o cliente e conseguiu passar Salima, que estava na cozinha, pela janela do térreo e a escondeu numa lata de lixo a noite inteira. De manhã bateu na casa de Madame Rosa com a garota, que cheirava a lixo, num estado de histeria. A propósito, havia também Antoine, um francês autêntico e o único de origem, que todos examinavam atentamente para ver como era feito. Mas, como ele tinha apenas dois anos, não se via muita coisa. Depois não lembro mais quem, pois mudava o tempo todo, com as mães vindo pegar de volta suas crianças. Madame Rosa dizia que as mulheres que se viram não têm suficiente apoio moral, pois na maioria das vezes os *proxinetas* não fazem mais seu trabalho como convém. Elas precisam dos filhos para terem uma razão de viver. Elas costumavam voltar quando tinham um tempinho ou uma doença, e iam para o campo com seu fedelho para desfrutar dele. Nunca entendi por que não deixam as putas criar seus filhos, os outros não se importam. Madame Rosa achava que era por causa da importância do cu na França, que não existe em outros lugares, aqui ele ganha proporções que não se pode imaginar. Madame Rosa dizia que o cu é o que eles têm de mais importante na França, junto com Luís XIV, daí as prostitutas, como são chamadas, serem perseguidas, pois as mulheres honestas querem tê-lo com exclusividade. Vi mães chorando lá em casa por terem sido denunciadas à polícia, o que mostra que elas tinham um pirralho no ofício que exerciam e morriam de medo. Madame Rosa as tranquilizava, explicava que tinha um comissário de polícia que também era filho de puta e a protegia, além de um judeu que fazia para ela papéis falsos que ninguém podia falar, de tão autênticos que eram. Nunca vi esse judeu, pois Madame Rosa o escondia. Tinham se conhecido num lar judeu na Alemanha, onde só não foram exterminados por engano, e jurado que não iam ser mais apanhados. O judeu estava em algum lugar num bairro francês e fabricava documentos falsos como um louco. Era graças a ele que Madame Rosa tinha documentos que provavam que ela era outra pessoa, como todo mundo. Ela dizia que, com aquilo, nem mesmo os israelitas podiam provar alguma coisa contra ela. Claro que ela nunca tinha ficado completamente tranquila, pois para isso era preciso estar morto. Na vida é sempre pânico.

 Como eu ia dizendo, os pirralhos berraram por horas quando dei Súper para assegurar seu futuro, que não existia entre a gente, menos Banania, que estava muito feliz, como sempre. Mas posso afirmar que o patife não era deste mundo, já tinha quatro anos e continuava feliz.

A primeira coisa que Madame Rosa fez no dia seguinte foi me arrastar até o dr. Katz para ver se eu não estava desregulado. Madame Rosa queria me fazer tirar sangue e pesquisar se eu não era sifilítico como árabe, mas o dr. Katz lhe passou uma descompostura tão grande que sua barba tremia, porque esqueci de contar que ele tinha barba. Ele soltou os cachorros em cima de Madame Rosa sobre alguma coisa de bordel e gritou que eram rumores de Orléans.* Os rumores de Orléans era quando os judeus do prêt-à-porter não drogavam as mulheres brancas para despachá-las para os bordéis e todo mundo os censurava por isso, sempre se fala deles à toa.

Madame Rosa ainda estava toda mexida por dentro.

— Como aconteceu exatamente?

— Ele pegou quinhentos francos e jogou num ralo de esgoto.

— É a primeira crise de violência dele?

Madame Rosa olhava para mim sem responder, e eu estava muito triste. Nunca gostei de causar pena nas pessoas, sou um filósofo. Atrás do dr. Katz tinha um barco a vela numa lareira com as asas todas brancas, e como eu estava infeliz queria ir para outros espaços, para bem longe, longe de mim, e encasquetei de fazê-lo voar, subi a bordo e atravessei oceanos com mão firme. Foi ali, acho, a bordo do veleiro do dr. Katz, que viajei para longe pela primeira vez. Até aquele momento não posso dizer de verdade que eu era uma criança. Ainda hoje, quando quero, posso embarcar no veleiro do dr. Katz e viajar para longe sozinho. Nunca contei isso para ninguém e sempre fiz de conta que estava aqui.

— Doutor, eu lhe peço que examine bem esta criança. O senhor me proibiu emoções, por causa do meu coração, e ele

---

* O "rumor de Orléans" foi um caso judiciário, midiático e político ocorrido em 1969 na cidade francesa de Orléans. Esse rumor teve como objeto supostos desaparecimentos de moças nas cabines de prova de lojas de lingerie, de propriedade de judeus, com vistas a prostituí-las no estrangeiro. [N. T.]

vendeu o que tinha de mais caro no mundo e jogou quinhentos francos no esgoto. Nem em Auschwitz se fazia isso.

O dr. Katz era bem conhecido de todos os judeus e árabes nas vizinhanças da Rue Bisson por sua caridade cristã, e cuidava de todo mundo de manhã à noite, inclusive até mais tarde. Guardei uma ótima recordação dele, era o único lugar onde eu ouvia falar de mim e onde me examinavam como se eu fosse alguma coisa importante. Fui lá muitas vezes sozinho, não porque estava doente, mas para sentar na sala de espera. Ficava um tempão. Ele via claramente que eu estava ali à toa e que ocupava uma cadeira quando havia tanta miséria no mundo, mas sempre sorria muito amavelmente para mim e não ficava zangado. Olhando para ele, eu pensava muito que, se tivesse um pai, seria o dr. Katz que eu teria escolhido.

— Ele amava aquele cachorro como se fosse uma coisa proibida, ficava com ele no colo até mesmo para dormir, e o que fez? Vendeu e jogou o dinheiro fora. Essa criança não é como todo mundo, doutor. Tenho medo de algum caso de loucura repentina na família dele.

— Posso lhe garantir que não acontecerá nada, absolutamente nada, Madame Rosa.

Eu desatei a chorar. Sabia perfeitamente que não ia acontecer nada, era a primeira vez que ouvia aquilo abertamente.

— Não há motivo para chorar, meu pequeno Mohammed. Mas pode chorar se acha que está lhe fazendo bem. Por acaso ele chora muito?

— Nunca — respondeu Madame Rosa. — Não chora nunca esta criança, e mesmo assim Deus sabe como eu sofro.

— Muito bem, a senhora pode ver que ele já está melhor — disse o médico. — Chora. Desenvolve-se normalmente. Fez bem em trazê-lo, Madame Rosa, vou receitar uns tranquilizantes para a senhora. É só ansiedade o que a senhora tem.

— Quando cuidamos de crianças, é preciso muita ansiedade, doutor, sem isso eles viram bandidos.

Na rua, fomos caminhando de mãos dadas, Madame Rosa gosta de se mostrar acompanhada. Demora sempre um bom tempo se vestindo para sair porque era uma mulher e lhe sobrou um pouquinho disso. Exagera na maquiagem, mas não tem mais serventia esconder a idade. Sua cabeça é igual à de uma velha rã judia de óculos e asmática. Quando sobe a escada com as compras, para o tempo todo e diz que um dia ainda vai cair morta bem ali no meio, como se fosse muito importante terminar todos os seis andares.

Em casa, encontramos o sr. N'Da Amédée, o cafetão que também se chama *proxineta*. Se vocês conhecem o pedaço, sabem que ele vive cheio de autóctones que chegam da África, como o nome indica. Eles têm uma porção de lares que chamamos de barracos, onde não têm produtos de primeira necessidade, higiene, e a calefação oferecida pela prefeitura de Paris não chega lá. Existem lares de negros com cento e vinte pessoas, oito por quarto e um banheiro só, embaixo, então eles se espalham por toda parte, pois são coisas que a gente não pode esperar. Antes de mim, eram favelas, mas a França mandou que fossem demolidas para não ficarem à vista. Madame Rosa contava que em Aubervilliers tinha um lar onde asfixiavam os senegaleses com estufas de carvão, colocando-os num quarto com as janelas fechadas e no dia seguinte eles estavam mortos. Eles eram sufocados pelos eflúvios maléficos que saíam da estufa enquanto dormiam o sono dos justos. Eu costumava ir encontrá-los lá para os lados da Rue Bisson e era sempre bem recebido. Quase sempre eram muçulmanos como eu, mas essa não era a razão. Acho que eles gostavam de ver um menino de nove anos ainda sem nenhuma ideia na cabeça. Os velhos sempre têm ideias na cabeça. Por exemplo, não é verdade que os negros sejam todos iguais.

  Madame Sambor, que preparava o grude para eles, não parecia em nada com o sr. Dia, depois que acostumamos com o escuro. O sr. Dia não era engraçado. Tinha olhos como se fossem para dar medo. Lia o tempo todo. Também tinha uma navalha comprida assim, que não vergava quando enfiávamos em alguma coisa. Ele a usava para se barbear, juro. Eram cinquenta no lar e os outros lhe obedeciam. Quando não estava lendo, ele fazia exercícios no chão para ficar mais forte. Era uma massa, mas nunca estava satisfeito. Eu não entendia por que um senhor já tão troncudo fazia tamanho esforço para aumentar. Não perguntei nada, mas acho que ele não se sentia forte o bastante para tudo que queria fazer. Eu também às vezes tenho vontade de morrer de tanto que queria ser forte. Há momentos em que sonho ser polícia e não ter mais medo de nada e de ninguém. Eu passava o tempo rondando o comissariado da Rue Deudon, mas sem esperança, sabia perfeitamente que com nove anos isso não era possível, eu ainda era minoria. Sonhava ser polícia porque eles detêm as forças de segurança. Eu achava que era o que havia de mais forte, não sabia que existiam comissários de polícia, pensava que aquilo parava ali. Foi só bem mais tarde que vim a saber que tinha coisa muito melhor, mas nunca consegui ascender até chefe de polícia, estava além da minha imaginação. Eu devia ter o quê, oito, nove, dez anos, e sentia muito medo de acabar sozinho no mundo. Quanto maior a dificuldade de Madame Rosa de subir os seis andares e quanto mais tempo ela ficava sentada depois, mais eu me sentia menos e mais medo tinha.

    Sem falar na questão da minha data, que me azucrinava, sobretudo depois que me expulsaram da escola dizendo que eu era jovem demais para a minha idade. No fim das contas isso não tinha importância, a certidão que provava que eu havia nascido e estava nos conformes era falsa. Como eu disse a vocês, Madame Rosa tinha muitas na casa, podendo até provar que nunca foi judia há várias gerações, se a polícia fizesse buscas para encontrá-la. Ela tinha se protegido de todos os lados depois de ter sido apreendida inesperadamente pela polícia francesa que abastecia os alemães e colocada num velódromo para judeus. Depois foi transportada para um lar judeu na Alemanha, onde eles eram queimados. Ela tinha medo o tempo todo, mas não como todo mundo, tinha mais medo ainda.

Uma noite, escutei-a gritando no seu sonho, aquilo me acordou e vi que ela se levantava. Eram dois quartos e ela reservava um só para ela, menos quando lotava, aí Moïse e eu dormíamos com ela. Era o caso nessa noite, mas Moïse não estava com a gente, havia uma família judia sem filhos interessada nele que o acolhia para observação na casa deles, para ver se ele era bom para adotar. Ele voltava para casa acabado de tanto esforço que fazia para agradá-los. Eles tinham uma mercearia kasher na Rue Tienné.

Quando Madame Rosa gritou, isso me acordou. Ela acendeu a luz e eu abri um olho. Sua cabeça tremia e os olhos pareciam estar vendo alguma coisa. Depois ela saiu da cama, vestiu o penhoar e pegou uma chave que estava escondida debaixo do armário. Quando ela se debruça, seu traseiro fica maior do que o normal.

Ela foi até a escada e desceu. Fui atrás dela, porque ela estava com tanto medo que eu não me atrevi a ficar sozinho.

Madame Rosa descia a escada às vezes na luz, às vezes no escuro, o temporizador da luz do corredor do nosso prédio é muito curto por razões econômicas, o síndico é nojento. Em determinado momento, quando ficou escuro, eu é que acendi a luz feito um idiota e Madame Rosa, que estava um andar abaixo, deu um grito, achando que havia alguma presença humana ali. Ela olhou para cima, depois para baixo, e aí recomeçou a descer, e eu também, mas eu não tocava mais no interruptor, porque dava medo em nós dois. Eu não sabia o que estava acontecendo, muito menos que de costume, e isso sempre dá mais medo ainda. Meus joelhos tremiam, e era sensacional ver aquela judia descendo os andares com estratégias de sioux, como se estivesse rodeada de inimigos ou coisa pior.

Quando chegou ao térreo, Madame Rosa não foi para a rua, virou à esquerda, na direção da escada do porão, onde não tinha luz e onde fica escuro mesmo no verão. Madame Rosa proibia a gente de ir lá porque era sempre lá que as crianças eram estranguladas. Quando Madame Rosa desceu aquela escada, achei realmente que era o fim de tudo, que ela virava uma megera, e minha vontade foi correr para acordar o dr. Katz. Mas na hora eu estava com tanto medo que preferi ficar ali mais um pouco e não me mexer, tinha certeza de que se me mexesse ela ia gritar e pular em cima de mim de todos os lados, junto com monstros que surgiriam de repente, em vez de ficarem escondidos como faziam desde que eu tinha nascido.

Foi então que vi um pouco de luz. Vinha do porão e isso me tranquilizou um pouco. Os monstros quase nunca acendem a luz, o escuro é que faz mais bem a eles.

Desci até o corredor que cheirava a mijo e até mais que isso, porque no lar negro ao lado era um banheiro só para cem, e eles faziam onde podiam. O porão era dividido em vários vestíbulos e uma das portas estava aberta. Foi ali que Madame Rosa entrou e era dali que saía a luz. Olhei.

No meio, havia uma poltrona vermelha toda destroçada, imunda e manca, e Madame Rosa estava sentada nela. As paredes não passavam de pedras que saíam feito dentes que pareciam estar rindo. Em cima de uma cômoda, havia um castiçal com braços judeus e uma vela acesa. Para minha grande surpresa, havia uma cama boa para ser jogada fora, mas com colchão, cobertores e travesseiros. Havia também sacos de batatas, um fogareiro, galões e caixas de papelão cheias de sardinhas. Eu estava tão espantado que não tinha mais medo, com o detalhe de que estava com a bunda para fora e começava a sentir frio.

Madame Rosa permaneceu um momento naquela poltrona sórdida, e sorria com prazer. Fazia uma cara maliciosa e até mesmo vencedora. Era como se tivesse feito alguma coisa superastuciosa e ousada. Então se levantou. Havia uma vassoura num canto e ela começou a varrer o porão. Não era uma coisa recomendável, levantava poeira, e não tinha nada pior para sua asma. Ela começou imediatamente a respirar com dificuldade e a assobiar com os brônquios, mas continuou a varrer e, exceto eu, não havia ninguém para dizer a ela, todo mundo estava se lixando. Claro, ela era paga para cuidar de mim e a única coisa que tínhamos juntos é que não tínhamos nada e ninguém, mas não havia nada pior para a asma dela do que a poeira. Em seguida, ela largou a vassoura e tentou apagar a vela, soprando em cima, mas não teve fôlego suficiente, apesar das suas dimensões. Molhou os dedos com a língua e assim apagou a vela. Zarpei na mesma hora, sabia que ela tinha terminado e ia subir.

Bom, eu não entendi nada, mas isso era apenas uma coisa a mais. Eu não fazia a mínima ideia de por que ela se deleitava descendo seis andares e alguns quebrados no meio da noite para sentar no seu porão com um ar malicioso.

Quando subiu, ela já não estava com medo, e eu também não, porque isso é contagioso. Dormimos lado a lado o sono dos justos. Refleti muito sobre isso e acho que o seu Hamil estava errado quando falou. Acho que são os injustos que dormem melhor, porque eles estão se lixando, ao passo que os justos não conseguem pregar o olho e esquentam a cabeça por qualquer coisinha. Do contrário, não seriam justos. Seu Hamil tinha sempre expressões que ele vai buscar, como "Acredite na minha velha experiência" ou "Como tive a honra de lhe dizer", e um monte de outras que me agradam bastante, me fazem pensar nele. Era um homem como poucos. Me ensinava a escrever "a língua dos nossos ancestrais" e dizia sempre "ancestrais", porque dos meus pais ele não queria nem ouvir falar. Ele me fazia ler o Corão, porque Madame Rosa dizia que era bom para os árabes. Quando eu perguntava a ela como ela sabia que eu me chamava Mohammed e era um bom muçulmano, se eu não tinha pai nem mãe e não havia nenhum documento que comprovasse isso, ela ficava irritada e dizia que um dia, quando eu fosse grande e forte, ela me explicaria essas coisas, mas não queria me causar um choque terrível quando eu ainda era muito sensível. Dizia sempre que a primeira coisa a domar nas crianças é a sensibilidade. No entanto, eu não ligava de saber que minha mãe se virava e, se a conhecesse, não deixaria de amá-la, de cuidar dela, e teria sido seu *proxineta*, como o sr. N'Da Amédée, que eu terei a honra. Eu estava muito satisfeito com Madame Rosa, mas se pudesse ter alguém melhor e, além disso, meu, não ia dizer não, merda. Eu também poderia cuidar de Madame Rosa, mesmo tendo uma mãe de verdade para cuidar. O sr. N'Da tem várias mulheres a quem ele dá proteção.

 Se Madame Rosa sabia que eu era Mohammed e muçulmano, então era porque eu tinha origens e não era um desvalido. Eu queria saber onde ela estava e por que não vinha me visitar. Mas aí Madame Rosa começava a chorar e dizia que eu não tinha gratidão, que não sentia nada por ela e que queria alguém diferente. Eu desistia. Bom, eu sabia que quando uma mulher se vira na vida é sempre um mistério quando ela tem um pirralho que não conseguiu segurar a tempo através da higiene, e que isso faz o que chamamos em francês de *enfants de pute*, mas era legal Madame Rosa ter a certeza e a convicção de que eu era muçulmano. Em todo caso, ela não tinha inventado isso só para me agradar. Uma vez comentei a respeito disso com o seu Hamil, enquanto ele me contava a vida de Sidi Abderrahmân, que é o padroeiro de Argel.

 Seu Hamil vem de Argel, onde esteve há trinta anos em peregrinação a Meca. Sidi Abderrahmân de Argel é então seu santo preferido, porque a camisa está sempre mais perto do corpo, como ele diz. Mas ele também tem um tapete que mostra seu outro compatriota, Sidi Ouali Dada, que está sempre sentado em seu tapete de oração puxado pelos peixes. Isso não parece sério, peixes puxando um tapete pelo ar, mas é a religião que quer assim.

— Seu Hamil, como é que pode eu ser conhecido como Mohammed e muçulmano, quando não tenho nada que prove isso?

Seu Hamil sempre levanta uma mão quando quer dizer seja feita a vontade de Deus.

— Madame o recebeu quando você era pequenininho e não tem uma certidão de nascimento. Ela recebeu e viu muitas crianças depois disso, meu pequeno Mohammed. Ela tem o sigilo profissional, pois há damas que exigem discrição. Ela registrou você como Mohammed, portanto muçulmano, e depois o autor dos seus dias não deu mais sinal de vida. O único sinal de vida que ele deu é você, meu pequeno Mohammed. E você é uma bela criança. Precisa pensar que seu pai foi morto durante a guerra da Argélia, é uma coisa bonita e grandiosa. É um herói da Independência.

— Seu Hamil, eu preferia ter um pai e não um herói. Ele teria feito melhor se tivesse sido um *proxineta* e cuidado da minha mãe.

— Você não deve falar assim, meu pequeno Mohammed, tem que pensar também nos iugoslavos e nos corsos, sempre colocam tudo nas nossas costas. É difícil educar uma criança neste bairro.

Mas eu tinha a nítida impressão de que o seu Hamil sabia de alguma coisa que ele não me dizia. Era um homem boníssimo e, se não tivesse sido a vida inteira um vendedor de tapetes ambulante, teria sido alguém bem distinto, talvez ele mesmo teria sentado num tapete voador puxado por peixes, como o outro santo do Magreb, Sidi Ouali Dada.

— E por que me expulsaram da escola, seu Hamil? Madame Rosa falou que foi porque eu era jovem demais para a minha idade, depois que eu era velho demais para a minha idade, depois que eu não tinha a idade que devia ter, e me arrastou até o dr. Katz, que disse a ela que eu talvez fosse meio diferente, como um grande poeta.

Seu Hamil parecia muito triste. Seus olhos é que faziam isso. É sempre nos olhos que as pessoas são mais tristes.

— Você é uma criança muito sensível, meu pequeno Mohammed. Isso faz com que seja um pouco diferente dos outros...

Sorriu.

— Não é a sensibilidade que mata as pessoas hoje.

Falávamos em árabe, e isso não soa tão bem em francês.

— Por acaso meu pai era um grande bandido, seu Hamil, e todo mundo tem medo dele, até de falar?

— Não, não, sério, Mohammed. Nunca ouvi nada nesse sentido.

— E o que o senhor ouviu, seu Hamil?

Ele abaixava os olhos e suspirava.

— Nada.

— Nada?

— Nada.

Era sempre a mesma coisa comigo. Nada.

A lição tinha terminado e seu Hamil começou a falar de Nice, que é a minha história preferida. Quando ele fala dos palhaços que dançam nas ruas e dos gigantes alegres sentados nos carros, eu me sinto em casa. Gosto também das florestas de mimosas que eles têm por lá e das palmeiras, e há passarinhos todos brancos que batem asas como se aplaudissem, de tão felizes que são. Um dia, eu convenci Möise e outro cara que tinha outro nome a irmos para Nice a pé e vivermos na floresta de mimosas com o produto das nossas caçadas. Partimos uma manhã e fomos até a praça Pigalle, mas lá nos deu medo porque estávamos longe de casa e voltamos. Madame Rosa achou que estava ficando louca, mas ela sempre diz isso para se exprimir.

Então, como tive a honra, quando voltei com Madame Rosa depois dessa consulta com o dr. Katz, encontramos em casa o sr. N'Da Amédée, que é o homem mais bem-vestido que vocês podem imaginar. Ele é o maior *proxineta* e cafetão de todos os negros de Paris e vem visitar Madame Rosa para que ela escreva para ele cartas à sua família. Ele não diz a ninguém que não sabe escrever. Ele vestia um terno de seda cor-de-rosa que a gente podia tocar e um chapéu cor-de-rosa com uma camisa cor-de-rosa. A gravata também era cor-de-rosa e essa roupa chamava a atenção. Ele era do Níger, que é um dos inúmeros países que eles têm na África, e se fez por conta própria. Repetia isso o tempo todo. "Eu me fiz por conta própria", com seu terno e seus anéis de diamantes nos dedos. Tinha um em cada dedo, e quando foi morto no Sena cortaram seus dedos para roubar os anéis, porque era um ajuste de contas. Digo tudo isso desde já para poupá-los de emoções mais tarde. Quando vivo, ele tinha os melhores vinte e cinco metros de calçada em Pigalle e fazia as unhas em manicures também cor-de-rosa. Ele tinha um colete que esqueci como era. Tocava o tempo todo no bigode com a ponta de um dedo, muito delicadamente, como se para ser gentil com ele. Trazia sempre um pequeno presente de comer para Madame Rosa, que preferia perfume, porque tinha medo de engordar mais ainda. Ela nunca cheirou mal, só bem mais tarde, pelo menos eu não sentia. O perfume era então o que mais combinava com

Madame Rosa como presente, ela possuía frascos e frascos, mas nunca entendi por que ela punha principalmente atrás das orelhas, como salsa na vitela. Esse negro a que me refiro, o sr. N'Da Amédée, era na realidade analfabeto, pois virou alguém cedo demais para ir à escola. Não vou repetir a história aqui, mas os negros sofreram muito e devemos compreendê--los quando podemos. Por isso o sr. N'Da Amédée pedia para Madame Rosa escrever as cartas que ele enviava a seus pais no Níger, cujos nomes ele conhecia. O racismo lá foi terrível para eles, até que houve a revolução e eles tiveram um regime e pararam de sofrer. Quanto a mim, não tive que me queixar de racismo, então não vejo o que posso esperar. Enfim, claro que os negros devem ter outros defeitos. O sr. N'Da Amédée sentava na cama onde dormíamos quando não passávamos de três ou quatro; quando havia mais íamos dormir com Madame Rosa. Ou então ele colocava um pé em cima da cama e ficava em pé para explicar a Madame Rosa o que ela devia dizer por escrito aos pais dele. Quando falava, o sr. N'Da Amédée fazia gestos, se emocionava e terminava até se zangando de verdade e ficando colérico, não porque estivesse furioso, mas porque queria dizer aos pais muito mais coisas do que podia oferecer com seus recursos de ralé. Começava sempre com meu querido e venerado pai e depois quase explodia de raiva, pois transbordava de coisas maravilhosas que não tinham expressão e permaneciam em seu coração. Ele não dispunha dos recursos, quando precisava de ouro e diamantes em cada palavra. Madame Rosa escrevia cartas nas quais ele estava fazendo estudos como autodidata para ser empreiteiro de obras públicas, construir barragens e ser um benfeitor para seu país. Quando ela lia isso para ele, ele sentia um imenso prazer. Madame Rosa fazia ele construir também pontes e estradas e todo o necessário. Ela gostava quando o sr. N'Da Amédée ficava contente escutando todas as coisas que ele fazia em suas cartas, e ele sempre punha dinheiro no envelope para que aquilo fosse mais verdadeiro. Ele ficava maravilhado, com seu terno cor-de-rosa dos Champs-Élysées, e talvez até mais que isso, e depois Madame Rosa dizia que, quando ele escutava, tinha olhos de um verdadeiro crente, e que os negros da África, pois há em outros lugares, ainda são o que há de melhor no gênero. Os verdadeiros crentes são pessoas que creem em Deus, como o seu Hamil, que me falava de Deus o tempo todo e me explicava que essas são coisas que devemos aprender quando somos jovens e capazes de aprender qualquer coisa.

O sr. N'Da Amédée tinha um diamante que cintilava na sua gravata. Madame Rosa dizia que era um diamante verdadeiro e não um falso como se poderia pensar, pois nunca desconfiamos o suficiente. O avô materno de Madame Rosa era do ramo dos diamantes e ela herdara seus conhecimentos. O diamante ficava embaixo do rosto do sr. N'Da Amédée, que também brilhava, mas não pelas mesmas razões. Madame Rosa nunca lembrava o que tinha posto da última vez na carta aos pais dele na África, mas não tinha importância, ela dizia que quanto menos temos mais acreditamos. Aliás, o sr. N'Da Amédée não procurava pelo em casca de ovo, isso era indiferente para ele, contanto que seus pais ficassem felizes. Às vezes ele esquecia até dos pais e ficava dizendo tudo que ele já era e tudo que ia ser ainda mais. Eu nunca tinha visto alguém falar assim de si mesmo, como se isso fosse possível. Ele berrava que todo mundo o respeitava e que ele era o rei. Sim, ele se esgoelava: "Eu sou o rei!", e Madame Rosa colocava isso por escrito, junto com as pontes, as barragens e o resto todo. Depois ela me dizia que o sr. N'Da Amédée estava completamente *meshugá*, o que significa louco em judeu, mas que era um louco perigoso, então convinha deixá-lo em paz para não ter aborrecimento. Parece que ele já tinha matado uns homens, mas que havia negros entre eles, e que não tinham identidade, porque não eram franceses como os negros americanos, e a polícia só se ocupa dos que têm uma existência. Um dia, ele ia encarar os argelinos ou os corsos e ela ia ser obrigada a escrever aos pais dele uma carta que não ia agradar a ninguém. Não se deve acreditar que os *proxinetas* não têm problemas como todo mundo.

O sr. N'Da Amédée vinha sempre com dois seguranças, pois não se sentia seguro e era preciso protegê-lo. Esses seguranças não enganavam ninguém, pois eram carrancudos e davam medo. Um deles era um pugilista que tinha levado tanto soco na cara que saiu tudo do lugar, ele tinha um olho que não ficava na altura certa, um nariz achatado e sobrancelhas arrancadas por interrupções do combate do árbitro na arcada superciliar, e outro olho também torto, como se o soco que tinham dado num olho tivesse feito o outro sair do lugar. Mas ele tinha punho, e não era só isso, tinha braços que não se encontravam dando sopa por aí. Madame Rosa havia me falado que quando sonhamos muito crescemos mais rápido, e os punhos desse sr. Boro deviam ter sonhado a vida inteira, de tão enormes que eram.

O outro segurança tinha uma cabeça ainda intacta, mas isso era uma pena. Não gosto das pessoas que têm rostos que mudam o tempo todo, fogem para tudo que é lado e nunca têm o mesmo focinho duas vezes seguidas. Hipócrita, é como chamam isso, e claro, ele devia ter suas razões, quem não tem, e todo mundo tem vontade de se esconder, mas aquele ali juro que tinha a fachada tão falsa que o cabelo da gente se arrepiava na cabeça só de pensar o que ela devia esconder. Entenderam o que quero dizer? Além de tudo, ele sorria o tempo todo para mim, e não é verdade que negros comem crianças no seu sanduíche, são rumores de Orléans tudo isso, mas eu tinha sempre a impressão de que eu despertava o apetite dele, e bem ou mal eles foram canibais na África, não se pode tirar isso deles. Quando eu passava perto dele, ele me agarrava, me punha no colo e dizia que ele tinha um garotinho com a minha idade e que até tinha dado para ele uma fantasia de caubói que eu sempre quis. Um verdadeiro lixo, quer saber? Talvez houvesse alguma coisa boa nele, como em todo mundo quando fazemos buscas, mas ele me dava o maior cagaço, com seus olhos que não tinham um único significado duas vezes seguidas. Ele devia saber disso, porque um dia até trouxe pistaches para mim, de tanto que mentia bem. Os pistaches não querem dizer absolutamente nada, custa um franco tudo. Se com isso ele pensava fazer um amigo, estava enganado, podem crer. Conto esse detalhe porque foi nessas circunstâncias alheias à minha vontade que tive uma nova crise de violência.

O sr. N'Da Amédée vinha sempre ditar aos domingos. Nesse dia, as mulheres não se viram, é a "trégua dos doceiros",* e havia sempre uma ou duas lá em casa que iam pegar seu pirralho e levá-lo para respirar num parque público ou chamá-lo para almoçar. Posso dizer a vocês que as mulheres que se viram são às vezes as melhores mães do mundo, porque isso muda seus clientes e depois porque um pirralho dá a elas um futuro. Há algumas que abandonam você, claro, e não se ouve mais falar nelas, mas isso não quer dizer que estejam mortas e não tenham desculpas. Às vezes elas devolviam os pirralhos somente na segunda-feira ao meio-dia, para ficar com eles o máximo de tempo possível antes de voltarem ao trabalho. Nesse dia, então, só ficavam na casa os pirralhos permanentes, que eram principalmente eu e o Banania, que não pagava mais fazia um ano, mas que não estava nem aí e se comportava como se ali fosse a casa dele. Tinha o Moïse também, mas ele já estava provisoriamente numa família judia que só queria se certificar de que

---

* Na verdade, a *"trêve des confiseurs"* acontece entre o Natal e o Ano-Novo, período em que os parlamentares franceses supostamente evitariam assuntos "azedos" (para não perturbar os negócios) e os confeiteiros venderiam mais. [N.T.]

ele não tinha nada de hereditário, como eu tive a honra, porque é a primeira coisa em que se deve pensar antes de começar a amar um pirralho se você não quiser aborrecimentos futuros. O dr. Katz tinha feito uma certidão para ele, mas essa gente queria olhar antes de mergulhar. Banania estava ainda mais feliz do que o normal, acabava de descobrir seu pinto e era a primeira coisa que lhe acontecia. Eu aprendia uns troços dos quais não entendia absolutamente nada, mas o seu Hamil escreveu eles para mim com sua mão, e isso não tinha importância. Posso recitá-los ainda, porque isso lhe daria prazer: *elli habb allah la ibri ghirhou soubhân ad daim lâ iazoul...* Isso quer dizer aquele que ama Deus não quer nada senão Ele. Eu queria muito mais, mas o seu Hamil me fazia estudar minha religião, porque se eu ficasse na França até a morte, como o próprio seu Hamil, eu precisava lembrar que tinha um país meu, e isso era melhor do que nada. Meu país devia ser algo como a Argélia ou o Marrocos, mesmo eu não constando em parte alguma do ponto de vista documental. Madame Rosa tinha certeza disso, não me criava como árabe por gosto. Também dizia que para ela isso não importava, todo mundo era igual quando está na merda, e se os judeus e os árabes se fodem, é porque não se deve acreditar que judeus e árabes são diferentes dos outros, e é justamente a fraternidade que faz isso, menos talvez entre os alemães, em que é ainda pior. Esqueci de contar a vocês que Madame Rosa guardava um grande retrato do sr. Hitler debaixo da cama e, quando estava infeliz e não sabia mais pra que santo correr, pegava o retrato, olhava bem para ele e se sentia melhor na hora, de qualquer forma aquilo constituía uma grande preocupação a menos.

    Posso dizer isso como desagravo a Madame Rosa enquanto judia, ela era uma santa mulher. Naturalmente nos empanturrava sempre com o que custava menos caro e me fazia cagar com o ramadã uma coisa terrível. Vinte dias sem comer, pensaram certo, era o maná celestial para ela, e ela adotava um ar triunfal quando o ramadã chegava e eu não tinha mais direito ao *gefilte fish* que ela mesma preparava. Respeitava as crenças dos outros, a vaca, mas peguei ela comendo presunto. Quando eu falava que ela não tinha direito ao presunto, ela ria e só. Eu não podia impedi-la de triunfar quando chegava o ramadã, e eu era obrigado a roubar na banca da mercearia, num bairro onde eu não era conhecido como árabe.

Era um domingo lá em casa e Madame Rosa havia passado a manhã chorando, tinha dias que ela chorava sem explicação o tempo todo. Não devíamos irritá-la quando ela chorava, pois eram seus melhores momentos. Ah, sim, lembro também que o vietnamitazinho tinha levado uma palmada de manhã porque sempre se escondia debaixo da cama quando tocavam a campainha, ele já mudara de família vinte vezes, fazia três anos que estava sem ninguém e já andava seriamente cheio daquilo. Não sei o que foi feito dele, mas um dia vou visitá-lo. Aliás, as campainhas não faziam bem a ninguém na nossa casa, porque tínhamos sempre medo de uma batida da Assistência Pública. Madame Rosa tinha todos os papéis falsos que quisesse, se organizara com um amigo judeu que, depois que tinha voltado vivo, só fazia aquilo para o futuro. Não lembro mais se contei, mas ela também era protegida por um comissário de polícia que ela tinha criado enquanto a mãe dele falava que era cabeleireira na província. Mas sempre existem invejosos e Madame Rosa tinha medo de ser denunciada. Ela também tinha sido acordada uma vez às seis da manhã por um toque de campainha de madrugada e sido levada para um velódromo e de lá para os lares judeus na Alemanha. Foi nesse momento que o sr. N'Da Amédée chegou com seus dois seguranças, para pedir que ela escrevesse uma carta para ele, um deles aquele que tinha tanto uma cara de hipócrita que ninguém aguentava. Não sei por que cismei com ele, mas acho que era porque eu tinha nove, dez anos e uns quebrados e já precisava de alguém para detestar como todo mundo. O sr. N'Da Amédée botou um pé em cima da cama e tinha um charuto grosso que espalhava cinzas por toda parte sem olhar pra despesa, e de repente declarou aos pais dele que em breve ia voltar ao Níger pra viver na maior decência. Agora eu acho que ele mesmo acreditava nisso. Muitas vezes notei que as pessoas chegam a acreditar no que dizem, precisam disso para viver. Não digo isso para ser filósofo, penso assim de verdade.

Esqueci de explicar que o comissário de polícia que era filho de puta tinha sabido de tudo e perdoado tudo. Inclusive vinha às vezes dar um beijo em Madame Rosa, com a condição de que ela se calasse. É o que o seu Hamil exprime quando diz que tudo está bem quando termina bem. Conto isso para incluir um pouco de bom humor.

Enquanto o sr. N'Da Amédée falava, seu segurança da esquerda lixava as unhas sentado numa poltrona que ficava ali, enquanto o outro não prestava atenção. Eu quis sair para mijar, mas o segundo segurança, esse de quem estou falando, me agarrou na passagem e me instalou no seu colo. Olhou pra mim, abriu um sorriso, empurrou até o chapéu para trás e falou frases parecidas:

— Você me faz pensar no meu filho, pequeno Momo. Ele está passando as férias na praia em Nice com a mãe e eles voltam amanhã. Amanhã é a festinha dele, ele nasceu nesse dia e vai ganhar uma bicicleta. Pode ir lá em casa quando quiser brincar com ele.

Não faço ideia do que deu em mim, mas fazia anos que eu não tinha mãe nem pai mesmo sem bicicleta, e o cara vinha encher o meu saco. Enfim, vocês sabem o que quero dizer. Bom, *inch' Allah*, mas isso não é verdade, só falo porque sou um bom muçulmano. Aquilo mexeu comigo e tive uma crise de violência, alguma coisa horrível. Vinha de dentro, e isso era o pior. Quando vem de fora com chutes na bunda, podemos dar o pira. Mas de dentro, aí não é possível. Quando vem o troço, me dá vontade de sair e de não voltar mais de jeito nenhum e de lugar nenhum. É como se eu tivesse um morador dentro de mim. Sou tomado por uivos, me atiro no chão, bato a cabeça pra sair, mas não é possível, não tenho pernas, nunca temos pernas dentro da gente. Falar disso me faz bem, puxa, é como se saísse um pouco. Vocês entendem o que quero dizer?

Bom, quando fiquei esgotado e todos foram embora, Madame Rosa me arrastou na hora para o consultório do dr. Katz. Ela estava com um medo atroz e disse a ele que eu tinha todos os sinais hereditários e que era capaz de pegar uma faca e matá-la enquanto ela estivesse dormindo. Não faço ideia de por que Madame Rosa tinha sempre medo de ser morta enquanto dormia, como se isso fosse impedi-la de dormir. O dr. Katz ficou furioso e gritou para ela que eu era manso como um cordeiro e que ela devia ter vergonha de falar daquele jeito. Receitou uns tranquilizantes pra ela que ele tinha na gaveta e voltamos de mãos dadas para casa, eu sentindo que ela estava um pouco chateada por ter me acusado à toa. Mas devemos compreendê-la, pois a vida era tudo que lhe restava. As pessoas agarram-se à vida mais do que tudo, é até legal quando pensamos em todas as coisas bonitas que existem no mundo.

Em casa, ela se entupiu de tranquilizantes e passou a noite olhando reto pra frente com um sorriso feliz porque não estava sentindo nada. Ela nunca me deu nenhum. Era uma mulher melhor do que ninguém e posso ilustrar esse exemplo aqui mesmo. Se vocês pegarem a Madame Sophie, que também tem uma pensão para filhos de putas, na Rue Surcouf, ou aquela que chamam de Condessa, porque é uma viúva de conde, em Barbès, pois bem, elas às vezes pegam até dez pirralhos num dia e a primeira coisa que fazem é entupi-los de tranquilizantes. Madame Rosa sabia disso de fonte segura por uma portuguesa africana que se virava na Truanderie e que tinha tirado seu filho da casa da Condessa num tal estado de tranquilidade que ele não conseguia ficar em pé e dava pra brincar com ele assim horas a fio. Mas com Madame Rosa era justamente o contrário. Quando a gente ficava agitado ou algum menino passava o dia seriamente perturbado, porque isso existe, era ela que se entupia de tranquilizantes. Então a gente podia berrar ou sair no braço, que isso não dava nada pra ela. Eu é que era obrigado a pôr ordem na casa, e adorava isso, porque me fazia me sentir superior. Madame Rosa ficava sentada na sua poltrona bem no meio, com um sapo de lã na barriga e um saco de água quente dentro, a cabeça um pouco inclinada, e olhava pra gente com um sorriso bom, às vezes até dava um oizinho com a mão, como se fôssemos um trem passando. Nessas horas ninguém se comportava e eu é que ficava no comando para impedir que botassem fogo nas cortinas, é a primeira coisa em que botamos fogo quando somos jovens.

    A única coisa capaz de mexer um pouco com Madame Rosa quando ela estava tranquilizada era quando tocavam a campainha. Ela tinha um medo atroz dos alemães. Era uma história antiga, estava em todos os jornais e não vou entrar em detalhes, mas Madame Rosa nunca voltou disso. Ela às vezes achava que continuava em vigor, principalmente no meio da noite, era uma pessoa que vivia de suas lembranças. Vocês acham que isso é totalmente idiota nos dias de hoje, quando tudo está morto e enterrado, mas os judeus são muito persistentes, sobretudo quando foram exterminados, são eles que voltam mais a isso. Ela me falava muito dos nazistas e dos SS, e lamento ter nascido tarde demais para conhecer os nazistas e os SS com armas e bagagens, porque pelo menos se sabia por quê. Agora não se sabe.

    Era hilário o medo que Madame Rosa tinha dos toques de campainha. A melhor hora para isso era bem cedinho de manhã, quando o dia ainda está na ponta dos pés. Os alemães levantam cedo e preferem a madrugada a qualquer outro momento do dia. Um de nós levantava, saía no corredor e apertava a campainha. Um toque comprido, para que acontecesse logo. Ah, como era divertido! Vocês precisavam ver. Madame Rosa na época já devia estar com seus noventa e cinco quilos e uns quebrados, pois bem, ela saltava da cama feito uma doida e desabalava por metade de um andar antes de parar. Nós ficávamos deitados fingindo que dormíamos. Quando ela via que não eram os nazistas, enlouquecia de raiva e nos chamava de filhos da puta, o que nunca fazia sem razão. Permanecia um instante de olhos esbugalhados, com os bobes nos últimos cabelos que lhe restavam na cabeça, primeiro achava que tinha sonhado e que não existia campainha nenhuma, que aquilo não vinha de fora. Mas sempre um de nós não segurava a risada e, quando ela percebia que tinha sido a vítima, explodia de cólera ou caía no choro.

Eu por mim acho que os judeus são pessoas iguais às outras e que não devemos querer mal a eles por isso.

Muitas vezes não precisávamos nem levantar para apertar o botão da campainha, porque Madame Rosa fazia isso sozinha. Acordava de repente de uma tacada só, erguia-se sobre o traseiro que era bem maior do que posso dizer a vocês, escutava, depois pulava da cama, vestia o xale roxo que ela adorava e corria para fora. Nem verificava se tinha alguém, porque a coisa continuava tocando dentro dela, isso é que era o pior. Às vezes, desabalava por apenas alguns degraus ou um andar, às vezes descia até o porão, como na primeira vez em que tive a honra. No começo, achei até que ela tinha escondido um tesouro no porão e que era o medo dos ladrões que a acordava. Sempre sonhei ter um tesouro escondido em algum lugar onde ele ficaria bem ao abrigo de tudo e que eu poderia ir lá ver sempre que precisasse. Penso que o tesouro é o que há de melhor no gênero, quando ele é mesmo seu e está em total segurança. Eu tinha reparado o lugar onde Madame Rosa escondia a chave do porão, e uma vez fui lá ver. Não achei nada. Móveis, um penico, sardinhas, velas, enfim um monte de coisas do tipo para abrigar alguém. Eu tinha acendido uma vela e olhei bem, mas só havia paredes com pedras mostrando os dentes. Foi aí que ouvi um barulho e dei um pulo, mas era apenas Madame Rosa. Estava de pé na entrada olhando pra mim. Não estava com cara de zangada, ao contrário, parecia culpada, como se fosse ela quem tivesse que se desculpar.

— Você não deve falar com ninguém sobre isto, Momo. Passe isso pra cá.

Estendeu a mão e pegou a chave.

— Madame Rosa, o que é isto aqui? Por que vem aqui às vezes no meio da noite? Isto é o quê?

Ela endireitou um pouco os óculos e sorriu.

— É a minha segunda casa, Momo. Vamos, venha.

Ela soprou a vela, depois me pegou pela mão e subimos. Então ela sentou na sua poltrona com a mão no coração, pois não conseguia mais subir os seis andares sem ficar morta.

— Jura que não vai contar pra ninguém, Momo.
— Juro, Madame Rosa.
— *Khaïrem?*

Pra eles isso quer dizer jurado.

— *Khaïrem.*

Então ela murmurou, olhando por cima de mim, como se visse muito longe atrás e na frente:

— É o meu buraco judeu, Momo.
— Ah, saquei, tudo bem.
— Você entende?
— Não, mas não tem importância, estou acostumado.
— É lá que eu me escondo quando estou com medo.
— Medo do quê, Madame Rosa?
— Não é necessário ter razões para ter medo, Momo.

Nunca me esqueci disso, porque é a coisa mais verdadeira que já ouvi na vida.

Eu ia muito sentar na sala de espera do dr. Katz, já que Madame Rosa repetia que ele era um homem que fazia o bem, mas eu nunca senti nada. Talvez eu não ficasse tempo suficiente. Sei que tem muita gente que faz o bem no mundo, mas eles não fazem isso o tempo todo e a gente tem que chegar na hora certa. Não existe milagre. No começo, o dr. Katz saía e me perguntava se eu estava doente, mas depois ele se habituou e me deixava sossegado. Aliás, os dentistas também têm sala de espera, mas só tratam os dentes. Madame Rosa dizia que o dr. Katz era da clínica geral, e é verdade que havia de tudo no consultório dele, judeus, claro, como em toda parte, norte-africanos, para não dizer árabes, negros e todo tipo de doenças. Havia seguramente muitas doenças venéreas no consultório dele, por causa dos trabalhadores imigrantes que pegam elas antes de virem para a França para se beneficiarem da previdência social. As doenças venéreas não são contagiosas em público e o dr. Katz as aceitava, mas não se tinha o direito de levar difteria, febre escarlatina, rubéola e outras porcarias que é melhor guardar em casa. Só que os pais nem sempre sabiam do que se tratava, e eu peguei lá uma ou duas vezes umas gripes e uma coqueluche que não eram pra mim. Eu voltava assim mesmo. Gostava muito de ficar sentado numa sala de espera esperando alguma coisa, e quando a porta do consultório se abria e o dr. Katz, todo vestido de branco, vinha acariciar o meu cabelo, eu me sentia melhor, e é para isso que existe a medicina.

Madame Rosa se atormentava muito por causa da minha saúde, dizia que eu era acometido de distúrbios de precocidade e que eu já tinha o que ela chamava de o inimigo do gênero humano, que se punha a crescer várias vezes por dia. Sua maior preocupação depois da precocidade eram os tios ou as tias, quando os pais verdadeiros morriam num acidente de carro e os outros não queriam se encarregar deles, mas também não queriam entregá-los à Assistência, no bairro isso podia dar a entender que eles não tinham coração. Era então que iam lá pra casa, principalmente quando a criança estava consternada. Madame Rosa chamava uma criança de consternada quando ela estava com consternação, como a palavra indica. Isso significa que ela não queria realmente saber de nada para viver e envelhecer. É a pior coisa que pode acontecer a um pirralho, tirando o resto.

Quando lhe traziam um novo por alguns dias ou indefinidamente, Madame Rosa o examinava sob todos os aspectos, mas principalmente para ver se ele não estava consternado. Fazia caretas para assustá-lo ou então enfiava nele uma luva da qual cada dedo era um polichinelo, o que sempre faz rir os pirralhos que não estão consternados, mas os outros é como se não fossem deste mundo, por isso é que são chamados de antigos. Madame Rosa não podia aceitá-los, é um trabalho de todos os instantes e ela não tinha mão de obra. Uma vez, uma marroquina que se virava num bordel da Goutte d'Or deixou com ela um pirralho consternado e depois morreu sem dizer o endereço. Madame Rosa teve que entregá-lo a uma instituição com papéis falsos para provar que ele existia e isso a deixou doente, pois nada mais triste do que uma instituição.

Mesmo com os pirralhos saudáveis, havia riscos. Você não pode obrigar os pais desconhecidos a pegarem de volta um menino quando não há provas legais contra eles. Nada pior do que mães desnaturadas. Madame Rosa dizia que a lei é mais bem-feita entre os animais e que entre nós é até perigoso adotar um pirralho. Se a mãe verdadeira quiser ir encher o saco dele depois porque ele é feliz, ela tem a lei do lado dela. É por isso que os papéis falsos são os melhores do mundo, e se dois anos depois uma sirigaita qualquer descobrir que o seu pirralho é feliz na casa dos outros e quiser confiscar ele pra encher o saco dele, se tiverem feito pra ele papéis falsos, em regra, ela nunca o encontrará, o que lhe dá uma chance de correr.

Madame Rosa dizia que com os animais é muito melhor do que com a gente, porque eles têm a lei da natureza, sobretudo as leoas. Também era cheia de elogios para as leoas. Quando eu estava deitado, antes de dormir, às vezes eu fazia a campainha tocar, ia abrir e tinha uma leoa querendo entrar pra defender seus filhotes. Madame Rosa dizia que as leoas são famosas por isso, e que elas preferiam ser mortas a recuar. É a lei da selva, e se a leoa não defendesse seus filhotes ninguém teria confiança nela.

Eu chamava minha leoa quase todas as noites. Ela entrava, pulava na cama, lambia a nossa cara, pois os outros também precisavam dela e eu era o mais velho, precisava cuidar deles. Só que os leões têm uma fama ruim, porque também precisam comer como todo mundo, e quando eu anunciava aos outros que a minha leoa ia entrar, todos começavam a berrar ali dentro, e até o Banania também, e no entanto Deus sabe que aquele ali se lixava pra tudo, por causa do seu bom humor proverbial. Eu gostava muito do Banania, que foi catado por uma família de franceses que tinham um lugar, e um dia vou visitá-lo.

Até que um dia Madame Rosa ficou sabendo que eu mandava vir uma leoa enquanto ela dormia. Ela sabia que não era verdade e que eu apenas sonhava com as leis da natureza, mas ela tinha um sistema cada vez mais nervoso e a ideia de que havia animais selvagens no apartamento lhe dava terrores noturnos. Ela acordava berrando, porque em mim era sonho, mas nela virava pesadelo, e ela sempre dizia que pesadelos são o que os sonhos sempre se tornam na velhice. A gente imaginava duas leoas completamente diferentes, nós dois, mas o que vocês querem?

Não faço ideia de com que a Madame Rosa podia sonhar. Não vejo serventia em sonhar pra trás, e na idade dela ela não podia mais sonhar pra frente. Talvez ela sonhasse com a sua juventude, quando era bonita e ainda não tinha saúde. Não sei o que os pais dela faziam, mas era na Polônia. Foi lá que ela começou a se virar e depois em Paris, na Rue de Fourcy, Rue Blondel, Rue des Cygnes e um pouco em toda parte, e depois ela fez o Marrocos e a Argélia. Falava muito bem o árabe, sem preconceitos. Tinha até feito a Legião Estrangeira em Sidi Bel Abbès, mas as coisas melaram quando ela voltou para a França, pois ela queria conhecer o amor, e o sujeito roubou todas as suas economias e a denunciou à polícia francesa como judia. Ela parava sempre nesse ponto quando contava a história, dizia: "Terminou essa época", sorria, e para ela era um momento bom de passar.

Quando ela voltou da Alemanha, virou-se ainda por alguns anos, mas depois dos cinquenta começou a engordar e parou de ser apetitosa. Ela sabia que as mulheres que se viram têm muita dificuldade para conservar seus filhos porque a lei proíbe isso por razões morais, e ela teve a ideia de abrir uma pensão sem família para pirralhos que nasceram atravessados. Chamam isso de um *clandé* na nossa gíria. Foi assim que teve a sorte de criar um comissário de polícia que era filho de puta e que a protegia, mas ela agora tinha sessenta e cinco anos e isso era de esperar. Era sobretudo do câncer que ela tinha medo, ele não perdoa. Eu via claramente que ela se deteriorava e às vezes a gente se olhava em silêncio e tínhamos medo juntos porque só tínhamos isso no mundo. Por isso tudo que ela em seu estado precisava era de uma leoa em liberdade no seu apartamento. Bom, eu dei um jeito, ficava de olhos abertos no escuro, a leoa vinha, deitava ao meu lado e me lambia o rosto sem dizer nada a ninguém. Quando Madame Rosa acordava com medo, entrava e fazia reinar a luz, via que estávamos deitados em paz. Mas olhava debaixo das camas, e era até engraçado se a gente pensa que leões eram a única coisa no mundo que não podia acontecer, já que em Paris eles não existem por assim dizer, pois só encontramos animais selvagens na natureza.

Foi aí que entendi pela primeira vez que ela era um pouco perturbada. Tinha muitas tristezas e agora precisava pagar, porque pagamos por tudo na vida. Ela inclusive me arrastou até o dr. Katz e disse a ele que eu fazia animais selvagens circularem livremente pelo apartamento e que aquilo com certeza era um sinal. Eu via claramente que entre ela e o dr. Katz havia alguma coisa que não se devia falar na minha frente, mas eu não fazia ideia do que podia ser e por que Madame Rosa tinha medo.

— Doutor, ele vai cometer violência, tenho certeza.

— Não diga tolices, Madame Rosa. A senhora não tem nada a temer. Nosso pequeno Momo é um doce. Isso não é uma doença, e acredite num velho médico, as coisas mais difíceis de curar não são as doenças.

— Então por que ele tem leões na cabeça o tempo todo?

— Em primeiro lugar não é um leão, é uma leoa.

O dr. Katz sorriu e me deu uma bala de menta.

— É uma leoa. E o que as leoas fazem? Defendem seu filhote...

Madame Rosa suspirou.

— O senhor sabe muito bem por que eu tenho medo, doutor.

O dr. Katz ficou vermelho de tão zangado.

— Cale-se, Madame Rosa. A senhora é completamente inculta. Não entende nada dessas coisas e sabe Deus sei lá o quê. São superstições de outra época. Já repeti mil vezes e peço que se cale.

Ele ainda quis dizer alguma coisa, mas aí olhou pra mim, se levantou e me fez sair. Fui obrigado a escutar na porta.

— Doutor, tenho tanto medo de que seja hereditário!

— Vamos, Madame Rosa, chega. Pra começar, a senhora não sabe nem quem é o pai dele, com a profissão que aquela pobre mulher exerce. De toda forma, já lhe expliquei que isso não quer dizer nada. Há mil outros fatores em jogo. Mas é evidente que é uma criança muito sensível e precisa de afeição.

— Seja como for, não posso ficar lambendo o rosto dele todas as noites, doutor. Onde é que ele acha ideias como essa? E por que não querem ele na escola?

— Porque a senhora fez para ele uma certidão de nascimento que simplesmente ignorou sua idade real. A senhora gosta muito desse moleque.

— Meu medo é que o tirem de mim. Veja bem, não se pode provar nada sobre ele. Anoto isso num pedaço de papel ou guardo na minha cabeça, porque as garotas sempre têm medo que saibam. As prostitutas de maus costumes não têm o direito à educação dos seus filhos, por causa da degeneração paterna. É possível conservá-las e achacá-las assim durante anos, elas aceitam tudo para não perder seu pirralho. Há *proxinetas* que são verdadeiros cafetões porque ninguém mais quer fazer o trabalho deles.

— A senhora é uma boa mulher, Madame Rosa. Vou lhe receitar uns tranquilizantes.

Não fiquei sabendo de absolutamente nada. Fiquei com ainda mais certeza do que antes que a judia tinha segredinhos comigo, mas não fiz muita questão de saber. Quanto mais a gente se conhece, menos é bom. Meu colega, o Mahoute, que também era filho de puta, dizia que no nosso país o mistério era normal, por causa da lei dos grandes números. Ele dizia que uma mulher que faz as coisas direito, quando tem um acidente de nascimento e decide conservá-lo, é sempre ameaçada com inquérito administrativo e não tem nada pior, isso não perdoa. É sempre a mãe que se dá mal no nosso caso, porque o pai é protegido pela lei dos grandes números.

Madame Rosa tinha no fundo de uma mala um pedaço de papel que me designava como Mohammed, e três quilos de batatas, uma libra de cenouras, cem gramas de manteiga, um *gefilte fish*, trezentos francos, a ser criado na religião muçulmana. Tinha uma data, mas era só o dia em que ela me pegou provisoriamente e não dizia quando eu tinha nascido.

Era eu que cuidava dos outros pirralhos, principalmente da limpeza, porque Madame Rosa tinha dificuldade de se abaixar, por causa do peso. Ela não tinha cintura, e a bunda dela ia diretamente até os ombros, sem parar. Quando ela andava, era um acontecimento.

Todos os sábados à tarde, ela punha seu vestido azul com uma raposa e brincos, se maquiava com mais vermelho do que o normal e ia sentar num café francês, o Coupole, em Montparnasse, onde comia um bolo.

Nunca limpei os pirralhos com mais de quatro anos porque eu tinha minha dignidade e tinha uns que cagavam de propósito. Mas conheço bem esses pirralhos e ensinei eles a brincar deste jeito, quer dizer, um limpando o outro, expliquei que era mais legal que cada um na sua. Funcionou muito bem e Madame Rosa me deu os parabéns e disse que eu estava começando a me virar. Eu não brincava com os outros pirralhos, eles eram pequenos demais pra mim, a não ser pra comparar nossos pintos, e Madame Rosa ficava furiosa porque tinha horror a pintos por causa de tudo que já tinha visto na vida. Também continuava com medo dos leões de noite, é inacreditável quando pensamos em todas as outras razões justas que temos para ter medo, mesmo assim cismou com os leões.

  Madame Rosa tinha achaques no coração e era eu que fazia o mercado por causa da escada. Os andares eram o que havia de pior para ela. Ela assobiava cada vez mais quando respirava e eu tinha asma através dela, eu também, e o dr. Katz falava que não existe nada mais contagioso do que a psicologia. É um negócio que ainda não conhecemos. Todas as manhãs, ficava feliz de ver que Madame Rosa acordava, pois eu tinha terrores noturnos e sentia um medo atroz de me ver sem ela.

O maior amigo que eu tinha nessa época era um guarda-chuva chamado Arthur que eu vestia da cabeça aos pés. Eu tinha feito uma cabeça para ele com um retalho verde, que enrolei em volta do cabo, e um rosto simpático com um sorriso e olhos redondos, com o batom de Madame Rosa. Não era tanto para ter alguém pra gostar, mas era pra ser palhaço, pois quando eu não tinha uns trocados às vezes ia aos bairros franceses, onde tem. Eu tinha um sobretudo grande demais que batia no calcanhar e colocava um chapéu-coco, besuntava a cara com tinta e, com meu guarda-chuva Arthur, a gente era o máximo nós dois. Eu fazia palhaçada na calçada e conseguia fazer até vinte francos por dia, mas não podia marcar bobeira porque a polícia tem sempre um olho nos menores em liberdade. Arthur se vestia como um perneta, com um tênis azul e branco, uma calça comprida, um paletó xadrez sobre uma armação que eu amarrava nele com barbante, e eu tinha costurado um chapéu redondo na cabeça dele. Pedi ao sr. N'Da Amédée para me emprestar umas roupas para o meu guarda-chuva, e sabem o que ele fez? Me levou com ele ao Pull d'Or, no boulevard de Belleville, onde é mais chique, e me deixou escolher o que eu quisesse. Não sei se todos são como ele na África, mas se são, não devem sentir falta de nada.

Quando eu fazia meu número na calçada, eu me pavoneava, dançava com Arthur e conseguia uma bolada. Havia pessoas que ficavam furiosas e diziam que não era permitido tratar uma criança daquela maneira. Não faço ideia de quem me tratava, mas tinha também quem sentisse pena. É até curioso, quando era para rir.

    De vez em quando Arthur quebrava. Preguei a armação e ele ficou com ombros e com uma perna de calça vazia, como é normal num guarda-chuva. Seu Hamil não estava satisfeito, dizia que Arthur parecia um fetiche e que isso era contra a nossa religião. Eu por mim não sou crente, mas é verdade que quando você tem um troço um pouco estranho que não se parece com nada você tem a esperança de que ele pode alguma coisa. Eu dormia com Arthur apertado nos braços e de manhã olhava para ver se Madame Rosa ainda respirava.

    Nunca entrei numa igreja porque é contra a verdadeira religião, e a última coisa que eu queria era me misturar com isso. Mas sei que os cristãos pagaram os olhos da cara para ter um Cristo e que entre nós é proibido representar a figura humana para não ofender a Deus, o que se entende muito bem, pois não há do que se gabar. Apaguei então o rosto do Arthur, deixei simplesmente uma bola verde tipo com medo e fiquei quite com a minha religião. Uma vez, quando a polícia ficou no meu rabo por eu ter causado uma aglomeração ao fazer o cômico, deixei Arthur cair e ele se espalhou em todas as direções, chapéu, armação, paletó, sapato e tudo. Consegui juntar ele, mas ele estava nu como Deus o fez. Pois bem, o curioso é que Madame Rosa não tinha falado nada quando Arthur estava vestido e eu dormia com ele, mas quando ele se desconjuntou todo e eu quis levar ele comigo pra baixo do cobertor, ela botou a boca no mundo, dizendo que não passava pela cabeça de ninguém dormir com um guarda-chuva na cama. Vai entender.

    Eu tinha uns trocados separados e reequipei Arthur no mercado das pulgas, onde eles têm um monte de coisas.

    Mas a sorte começou a me abandonar.

Até ali meus pagamentos chegavam irregularmente, tinha meses pulados, mas acabavam chegando. De repente eles pararam. Dois meses, três meses, nada. Quatro. Eu disse a Madame Rosa e pensava tanto nisto que minha voz tremia:

— Madame Rosa, não precisa ter medo. Pode contar comigo. Não vou largar a senhora só porque não está recebendo mais o dinheiro.

Então peguei Arthur, saí e sentei na calçada para não chorar na frente de todo mundo.

Devo dizer que estávamos numa situação espinhosa. Madame Rosa em breve seria acometida pelo limite da idade e ela mesma sabia disso. A escada com seus seis andares tinha virado seu inimigo público número um. Um dia, ia matá-la, ela tinha certeza. Mas eu sabia que não valia mais a pena matá-la, era só olhar pra ela. Seus seios, barriga e nádegas não faziam mais distinção, como num barril. Tínhamos cada vez menos pirralhos pensionistas porque as garotas não confiavam mais em Madame Rosa, por causa de seu estado. Viam claramente que ela não podia mais cuidar de ninguém e preferiam pagar mais caro e procurar Madame Sophie ou mãe Aïcha, na Rue d'Alger. Elas ganhavam muito dinheiro e aí era sopa. As putas que Madame Rosa conhecia em pessoa tinham desaparecido por causa da mudança de geração. Como ela vivia do boca a boca e não era mais recomendada nas calçadas, sua reputação ia se desmilinguindo. Quando ela ainda tinha pernas, ia nos locais de trabalho ou nos cafés em Pigalle e nos Halles, onde as moças se viravam, e fazia um pouco de publicidade, gabando a qualidade da acolhida, a cozinha culinária e tudo o mais. Agora não aguenta mais. Suas colegas tinham desaparecido e ela não tinha mais referências. Também tinha a pílula legal para a proteção da infância, era preciso realmente querer. Quando se tinha um moleque, não havia mais desculpa, sabia-se o que faziam com ele.

Eu já estava com uns dez anos ou perto disso, era a mim que cabia ajudar Madame Rosa. Também precisava pensar no meu futuro porque se ficasse sozinho era a Assistência Pública sem discussão. Eu não dormia à noite por causa disso e ficava olhando Madame Rosa para ver se ela não morria.

Tentei me virar. Me penteava com capricho, passava o perfume de Madame Rosa atrás das orelhas como ela e à tarde ia me instalar com Arthur na Rue Pigalle, ou ainda na Rue Blanche, que era legal também. Lá tem sempre mulheres que se viram o dia inteiro e tinha sempre uma ou duas que vinham me ver e diziam:

— Que bonitinho esse bonequinho. Sua mãe trabalha aqui?

— Não, ainda não tenho ninguém.

Elas me ofereciam um chá no café da Rue Macé. Mas eu tinha que ficar de olho porque a polícia caça os *proxinetas* e depois elas também deviam desconfiar, elas não têm o direito de abordar os passantes. Eram sempre as mesmas perguntas.

— Quantos anos você tem, meu lindo?

— Dez.

— Você tem uma mamãe?

Eu dizia não e lamentava pela Madame Rosa, mas o que é que vocês querem? Tinha uma especialmente que me fazia festinha e às vezes enfiava uma nota no meu bolso quando passava. Usava uma minissaia e bota até lá em cima e era mais moça que Madame Rosa. Tinha olhos muito bonzinhos e uma vez olhou bem em volta, me pegou pela mão e fomos ao café que não está mais aqui neste momento porque jogaram uma bomba nele, o Panier.

— Você não pode ficar vadiando na calçada, não é lugar para um menino.

Ela acariciava meu cabelo para endireitar. Mas eu sabia muito bem que era para acariciar.

— Qual é o seu nome?

— Momo.
— E onde estão seus pais, Momo?
— Não tenho ninguém, o que você acha? Sou livre.
— Mas afinal deve ter alguém que cuide de você.
Sorvi minha laranjada porque tinha que ver.
— Talvez eu pudesse falar com eles. Eu queria muito cuidar de você. Eu colocaria você num conjugado, você seria como um reizinho e não lhe faltaria nada.
— Tenho que ver.
Terminei minha laranjada e desci do banquinho.
— Pegue, leve isso para as suas balas, queridinho.
Ela enfiou uma nota no meu bolso. Cem francos. É como eu tenho a honra.

Voltei mais umas duas ou três vezes e em todas ela me dava grandes sorrisos, mas de longe, com tristeza, porque eu não era dela.

Falta de sorte, a caixa do Panier era uma colega de Madame Rosa de quando elas se viravam juntas. Ela avisou a velha e eu tive direito a uma cena de ciúme! Nunca vi a judia num tal pandemônio, chorava. "Não foi para isso que criei você", repetiu dez vezes e chorava. Tive que jurar que não voltaria mais lá e que jamais seria um *proxineta*. Ela me disse que eram todos cafetões e que ela preferia morrer. Mas eu não via o que com dez anos eu podia fazer de diferente.

Na minha opinião, o que sempre me pareceu bizarro é que as lágrimas fossem planejadas. Isso significa que fomos planejados para chorar. Precisava pensar nisso. Nenhum construtor de respeito teria feito uma coisa dessa.

Os pagamentos continuavam não chegando e Madame Rosa começou a atacar a poupança. Ela tinha uns trocados guardados para os seus velhos dias, mas sabia muito bem que não iam durar muito tempo. Ela continuava sem ter o câncer, mas o resto se deteriorava rapidamente. Ela até falou pela primeira vez da minha mãe e do meu pai, pois parece que eram dois. Eles tinham vindo me deixar uma noite e minha mãe começou a chorar e saiu correndo. Madame Rosa me pegou como Mohammed, muçulmano, e prometeu que eu seria o rei do terreiro. Aí depois, depois... Ela suspirou e era tudo que sabia, só que não olhou nos meus olhos quando disse isso. Eu não sabia o que ela escondia de mim, mas de noite eu tinha medo. Nunca consegui tirar outra coisa dela, mesmo quando os pagamentos pararam de chegar e ela não tinha mais motivo para ser boazinha comigo. Tudo que sabia é que eu tinha um pai e uma mãe, porque nesse ponto a natureza é inflexível. Mas eles nunca tinham voltado e Madame Rosa fazia cara de culpada e se calava. Vou dizer logo de uma vez que nunca mais encontrei minha mãe, não quero dar a vocês falsas emoções. Uma vez, quando insisti muito, Madame Rosa inventou uma mentira tão esfarrapada que foi muito divertido.

— Na minha opinião, sua mãe tinha um preconceito burguês, porque era de boa família. Não queria que você soubesse a profissão que ela exercia. Então ela foi embora com o coração partido, soluçando para nunca mais voltar, porque o preconceito teria provocado um choque traumático em você, como a medicina quer.

E ela mesma começou a chorar, não tinha ninguém igual a Madame Rosa para gostar de belas histórias. Penso que o dr. Katz tinha razão quando conversei com ele sobre isso. Ele disse que as putas são uma visão do espírito. Seu Hamil também, que leu Victor Hugo e que viveu mais do que qualquer outro homem da idade dele, quando me explicou sorrindo que nada é branco ou preto e que o branco às vezes é o preto que se escondeu e o preto às vezes é o branco que se mostrou. Ele até acrescentou, olhando para o sr. Driss, que tinha trazido o chá de menta para ele: "Acredite na minha velha experiência". Seu Hamil é um grande homem, mas as circunstâncias não lhe permitiram ser um.

Fazia meses que os pagamentos não chegavam e, no caso do Banania, Madame Rosa nunca tinha visto a cor do dinheiro dele, a não ser quando ele desembarcou lá, porque ela tinha pedido dois meses de adiantamento. O Banania já ia gratuitamente nos seus quatro anos e se comportava sem cerimônia, como se tivesse pagado. Madame Rosa conseguiu encontrar uma família para ele, pois esse pirralho sempre foi sortudo. Moïse ainda estava em observação e se empanturrava na família, que o observava já fazia seis meses para ter certeza de que ele era de boa qualidade e não tinha epilepsia ou crises de violência. Crises de violência, é disso principalmente que as famílias têm medo quando querem um pirralho, é a primeira coisa a ser evitada quando se quer ser adotado. Com os pirralhos semi-internos e para alimentar Madame Rosa, precisávamos de mil e duzentos francos por mês e ainda faltava acrescentar os remédios e o crédito que lhe recusavam. Impossível alimentar Madame Rosa sozinha por menos de quinze francos por dia sem cometer atrocidades, mesmo fazendo ela emagrecer. Lembro que fui muito franco com ela, a senhora precisa emagrecer para comer menos, mas isso é muito duro para uma velha sozinha no mundo. Ela precisa de mais dela mesma do que os outros. Quando não tem ninguém em volta para amar você, você engorda. Voltei a Pigalle, onde encontrava sempre aquela dama, Maryse, que estava apaixonada por mim porque eu ainda era uma criança. Mas eu tinha um medo atroz porque *proxineta* é punido com cadeia e éramos obrigados a nos encontrar às escondidas. Eu esperava ela na porta de um prédio, ela vinha me beijar, se abaixava, dizia: "Meu coraçãozinho, como eu queria ter um filho igual a você", e depois me passava o preço da transa. Também aproveitei o Banania lá em casa para fazer um ganho nas lojas. Eu deixava ele sozinho com seu sorriso para que ele desarmasse e provocasse uma aglomeração à sua volta, por causa dos sentimentos comovedores e enternecedores que ele inspirava. Quando eles têm quatro, cinco anos, os negros são muito bem tolerados. Às vezes eu beliscava ele para ele berrar, as pessoas o cercavam com sua emoção e durante esse tempo eu afanava coisas úteis para comer. Eu tinha um sobretudo até os calcanhares com bolsos muito bem-feitinhos que Madame Rosa tinha costurado pra mim e que não dava bandeira. A fome não perdoa. Para sair, eu pegava o Banania no colo, me posicionava atrás de uma boa mulher que estava pagando e achavam que eu estava com ela, enquanto o Banania ia se vendendo. Crianças são muito bem-vistas quando ainda não são perigosas. Até eu recebia palavras boazinhas e sorrisos, as pessoas se sentem sempre tranquilizadas quando veem um menino que ainda não tem idade pra ser bandido. Tenho cabelo castanho, olhos azuis e não tenho nariz judeu como os árabes, eu podia ser qualquer um sem ser obrigado a mudar de cara.

Madame Rosa comia menos, isso fazia bem a ela e a nós também. E depois tínhamos mais pirralhos, era verão e as pessoas saíam cada vez mais de férias. Nunca fiquei tão contente de limpar rabos, porque isso trazia grana e eu nem sentia a injustiça quando sujava os dedos de merda.

Infelizmente, Madame Rosa sofria modificações por causa das leis da natureza que a atacavam de todos os lados, pernas, olhos, os órgãos conhecidos como coração, fígado, as artérias e tudo que encontramos nas pessoas muito gastas. E como não tinha elevador, ela costumava enguiçar entre os andares e todos eram obrigados a descer e a empurrá-la, inclusive o Banania, que começava a despertar para a vida e a perceber que era do seu interesse defender o seu bife.

Os pedaços mais importantes numa pessoa são o coração e a cabeça, e é por eles que é preciso pagar mais caro. Se o coração para, não podemos mais continuar como antes, e se a cabeça se separa de tudo e não funciona mais redondo a pessoa perde suas atribuições e não desfruta mais da vida. Penso que para viver devemos nos dedicar a isso bem jovem, porque depois perdemos tudo e ninguém mais nos dá presentes.

Às vezes eu levava para Madame Rosa objetos que eu recolhia sem nenhuma utilidade, totalmente imprestáveis, mas que agradam, porque ninguém quer eles e eles foram jogados fora. Por exemplo, tem pessoas que têm flores em casa para um aniversário ou mesmo sem motivo, para alegrar o apartamento, e depois, quando estão secas e não brilham mais, dispensam elas nas latas de lixo, e se você acorda cedinho pode pegá-las, e essa era a minha especialidade, é o que chamam de detritos. Às vezes as flores têm restos de cores e ainda vivem um pouco, e eu fazia buquês sem me preocupar com questões de idade e dava eles para Madame Rosa que os colocava em vasos sem água porque isso não serve mais pra nada. Ou então eu afanava braços inteiros de mimosas nas carroças da primavera no mercado dos Halles e chispava pra casa para que ela cheirasse a felicidade. Caminhando, eu sonhava com as batalhas de flores em Nice e com as florestas de mimosas que crescem em torno dessa cidade toda branca que o seu Hamil conheceu quando era moço e da qual ainda me falava às vezes pois ele não era mais o mesmo.

Falávamos principalmente judeu e árabe entre nós, ou então francês quando havia estrangeiros ou quando não queríamos que nos compreendessem, mas agora Madame Rosa misturava todas as línguas da sua vida e me falava em polonês, que era a sua língua mais recuada e estava lhe voltando, pois o que sobra mais nos velhos é sua mocidade. No fim, a não ser com a escada, ela ainda se virava. Mas não era realmente uma vida de todo dia com ela, que precisava até tomar injeções na bunda. Difícil achar uma enfermeira suficientemente jovem para subir os seis andares, e nenhuma era suficientemente módica. Fiz um acordo com o Mahoute, que se picava legalmente porque tinha diabetes e seu estado de saúde permitia. Era um carinha excelente, que se fez por si mesmo, mas que era principalmente negro e argelino. Vendia transístores e outros produtos de seus furtos e o resto do tempo tentava se desintoxicar em Marmottan, onde tinha dado entrada algumas vezes. Ele veio dar a injeção em Madame Rosa, mas a vaca quase foi pro brejo porque ele se enganou de ampola e enfiou na bunda de Madame Rosa a dose de heroína que ele estava guardando para o dia em que terminasse sua desintoxicação.

Vi na hora que estava acontecendo alguma coisa contra a natureza, pois nunca tinha visto a judia tão maravilhada. Primeiro ela ficou com um ar bem assombrado, depois foi invadida pela felicidade. Eu mesmo tive medo, pois achava que ela não ia voltar, de tal forma estava no céu. Quanto a mim, heroína, cuspo em cima. Os meninos que se picam ficam todos viciados na felicidade e ela não perdoa, pois a felicidade é conhecida por seus estados de abstinência. Para se picar, é preciso realmente tentar ser feliz, e só mesmo o rei dos babacas tem ideias desse tipo. Nunca dancei, fumei a Maria algumas vezes com os colegas só pra ser educado, no entanto dez anos é a idade em que os grandes nos ensinam uma série de coisas. Mas não faço tanta questão de ser feliz, ainda prefiro a vida. A felicidade é um belo de um lixo muito cruel e precisava de alguém que a ensinasse a viver. Não estamos do mesmo lado, ela e eu, não tenho o menor interesse por ela. Também nunca fiz política, porque isso sempre beneficia alguém, mas a felicidade, deveria haver leis para impedi-la de ser canalha. Digo só o que penso e talvez esteja errado, mas não sou eu que vou me picar pra ser feliz. Merda. Não vou falar pra vocês da felicidade porque não quero ter uma crise de violência, mas o seu Hamil diz que tenho disposições para o inexprimível. Ele diz que o inexprimível, é aí que devemos procurar e que é aí que isso se encontra.

A melhor maneira de arranjar merda é o que o Mahoute fazia, quer dizer, a gente nunca se picou, então os caras providenciam logo uma picada grátis porque ninguém quer se sentir sozinho na infelicidade. A quantidade de caras que quiseram me dar a primeira picada é inacreditável, mas não estou aqui para ajudar os outros a viver, Madame Rosa já é suficiente. A felicidade, não vou me jogar dentro dela antes de fazer de tudo pra me livrar dela.

Foi portanto o Mahoute — é um nome que não quer dizer nada, por isso a gente chamava ele assim — que aplicou na Madame Rosa a HML,* que é o nome da heroína no nosso pedaço, por causa dessa região da França onde ela é cultivada. Madame Rosa ficou prodigiosamente maravilhada, depois entrou num estado de satisfação que dava pena de ver. Pensem um pouquinho, uma judia de sessenta e cinco anos, não faltava mais nada. Fui correndo atrás do dr. Katz, pois junto com a merda havia o que chamam de overdose e a pessoa vai até o paraíso artificial. O dr. Katz não veio porque agora estava proibido de subir os seis andares, a não ser em caso de morte. Ele telefonou para um médico jovem que conhecia e ele apareceu uma hora depois. Madame Rosa estava babando na poltrona. O médico me olhava como se nunca tivesse visto um sujeito de dez anos.

— O que é isto aqui? Uma espécie de maternal?

---

* Sigla para Habitation à Moyen Loyer [habitação de aluguel barato], geralmente conjuntos habitacionais. [N. T.]

Ele me deu pena, com seu ar ofendido, como se isso fosse possível. Mahoute chorava no chão, porque era a felicidade dele que ele tinha enfiado na bunda de Madame Rosa.

— Mas afinal como isso é possível? Quem deu heroína para essa velha senhora?

Fiquei olhando pra ele, com as mãos nos bolsos, e sorri, mas não disse nada porque pra quê?, era um carinha de trinta anos que ainda tinha muito a aprender.

Foi poucos dias depois que me aconteceu uma coisa bacana. Eu tinha uma compra para fazer numa loja grande na Opéra, onde na vitrine tinha uma amostra de circo para que os pais fossem com seus pirralhos sem nenhum compromisso da parte deles. Eu já tinha ido lá umas dez vezes, mas nesse dia tinha ido muito cedo, ainda estava com a cortina e fiquei de papo com um varredor africano que eu não conhecia, mas que era negro. Ele vinha de Aubervilliers, pois lá eles também têm. Fumamos um cigarro e fiquei um tempo vendo ele varrer a calçada porque não tinha nada de melhor pra fazer. Depois voltei à loja e me esbaldei. A vitrine estava rodeada de estrelas bem maiores do que as naturais, que acendiam e apagavam como a gente pisca o olho. No meio, ficava o circo com os palhaços e os cosmonautas que iam à Lua e retornavam fazendo sinais para os passantes, e os acrobatas que voavam nos ares com facilidades que seu método conferia a eles, dançarinas brancas vestindo tutus no lombo de cavalos e fortões de academias atochados de músculos que levantavam pesos incríveis sem nenhum esforço, pois não eram humanos e tinham mecanismos. Tinha até um camelo que dançava e um mágico com um chapéu do qual saíam coelhos em fila indiana que davam uma volta no picadeiro e entravam de novo no chapéu pra começar tudo de novo e sempre, era um espetáculo contínuo e ele não conseguia parar, era mais forte que ele. Tinha palhaço de tudo que era cor, como se isso fosse lei entre eles, palhaços azuis, brancos e de arco-íris, que tinham um nariz com uma lâmpada vermelha que acendia. Atrás, ficava a multidão de espectadores, que não eram verdadeiros mas só para rir, e que aplaudiam sem parar, eram feitos para isso. O cosmonauta se levantava para saudar quando tocava a Lua e sua nave esperava para lhe permitir uma pausa. Quando a gente pensava já ter visto tudo, elefantes muito maneiros saíam da sua garagem agarrados um no rabo do outro e davam voltas pelo picadeiro, o último ainda era pirralho e todo cor-de-rosa, como se tivesse acabado de nascer. Mas pra mim os palhaços é que eram os reis. Não pareciam com nada e com ninguém. Todos tinham cabeças impossíveis, com olhos em forma de ponto de interrogação, e eram todos tão burros que estavam sempre de bom humor. Eu olhava pra eles e pensava que Madame Rosa teria sido muito engraçada se fosse um palhaço, mas ela não era, e era isso que era revoltante. Eles usavam calças que desciam e subiam porque eram desopilantes, e tinham instrumentos de música que lançavam faíscas e jatos d'água em vez do que esses instrumentos produzem na vida comum. Eram quatro palhaços e o rei era um branco de chapéu pontudo com uma calça bufante e o rosto ainda mais branco que todo o resto. Os outros faziam mesuras e saudações militares para ele, e ele distribuía chutes na bunda deles, e só fazia isso a vida inteira e não conseguia parar nem se quisesse, estava ajustado para esse fim. Ele não agia com maldade, nele era mecânico. Tinha um palhaço amarelo com manchas verdes e um rosto sempre feliz até quando quebrava a cara, ele fazia um número numa corda que ele sempre errava, mas ele achava aquilo tudo maneiro, pois era filósofo. Ele tinha uma peruca ruiva que se eriçava de horror na sua cabeça quando ele colocava o primeiro pé na corda depois o outro e assim por diante, até que todos os pés estivessem na corda e ele não conseguia mais avançar nem recuar e começava a tremer pra fazer rir de medo, porque não existe nada mais cômico do que um palhaço com medo. Seu colega era todo azul e bonzinho e carregava um miniviolão e cantava para a Lua e dava pra ver que ele tinha muito bom coração, mas isso não servia de nada. O último na realidade eram dois, porque tinha um sósia, e o que um fazia o outro também era obrigado a fazer e eles tentavam parar com isso, mas não tinha jeito, estavam mancomunados. O melhor de tudo é que era mecânico e ingênuo e a gente já sabia que eles não sofriam nem envelheciam e que não era caso de desgraça. Era complemente diferente de tudo e sob todos os aspectos. Até o camelo gostava da gente, ao contrário do que parece. Seu sorriso ocupava a cara toda dele e ele se pavoneava como uma matrona. Todo mundo era feliz nesse circo que não tinha nada de natural. O palhaço na corda de ferro gozava de total segurança e em dez dias não vi ele cair nenhuma vez, e se ele caísse eu sabia que não podia se machucar. Era realmente outra coisa, sério mesmo. Eu estava tão feliz que queria morrer porque a felicidade temos que agarrar ela enquanto ela está aqui.

    Eu estava olhando o circo e estava bem quando senti uma mão no meu ombro. Me virei na hora, pois logo achei que era um tira, mas era uma garota, aliás jovem, vinte e cinco anos estourando. Não era nada mal, loura, com cabelo grande, e cheirava bem e fresco.

— Por que você está chorando?
— Eu não estou chorando.
 Ela tocou no meu rosto.
— E isto, o que é? Não são lágrimas?
— Não. Não faço ideia de onde vem isto.
— Bom, então me enganei. Como é bonito esse circo!
— É o que vi de melhor no gênero.
— Você mora por aqui?
— Não, eu não sou francês. Sou provavelmente argelino, moramos em Belleville.

— Qual é o seu nome?

— Momo.

Eu não entendi por que ela estava dando em cima de mim. Com dez anos, eu ainda era imprestável, mesmo sendo árabe. Ela não tirava a mão do meu rosto e eu recuei um pouco. É bom desconfiar. Talvez vocês não saibam, mas existem Assistências Sociais que parecem inofensivas e que te metem uma contravenção com inquérito administrativo. Nada pior que um inquérito administrativo. Madame Rosa não vivia mais quando pensava nisso. Recuei mais um pouco, mas não muito, pra ter tempo de fugir se ela me procurasse. Mas ela era muito bonita e poderia fazer uma fortuna se quisesse, com um cara sério que cuidasse dela. Ela caiu na risada.

— Não precisa ter medo.

Fala sério. "Não precisa ter medo" é um troço idiota. Seu Hamil sempre diz que o medo é nosso aliado mais seguro e que sem ele sabe Deus o que nos aconteceria, acreditem na minha velha experiência. Seu Hamil foi inclusive a Meca, de tanto medo que tinha.

— Você não devia ficar vadiando sozinho pelas ruas na sua idade.

Aí eu fiquei bravo. Extremamente bravo. Mas não disse nada porque não estou aqui para ensinar.

— Você é o garotinho mais bonito que eu já vi.

— Você também não é nada mal.

Ela riu.

— Obrigada.

Não sei o que me deu, mas tive um raio de esperança. Não é que eu quisesse me insinuar, eu não ia largar Madame Rosa enquanto ela ainda fosse capaz. De todo modo convinha assim mesmo pensar no futuro, que sempre tromba com a gente cedo ou tarde, e às vezes eu sonhava com ele à noite. Alguém de férias na praia e que não me faria sentir nada. Bom, eu estava traindo Madame Rosa um pouquinho, mas era só dentro da minha cabeça, quando eu tinha vontade de morrer. Olhei pra ela com esperança e meu coração batia. A esperança é um troço que é sempre muito forte, mesmo nos velhos como Madame Rosa ou no seu Hamil. Doideira.

Mas ela não falou mais nada. A coisa ficou nisso. As pessoas não têm lógica. Ela falou comigo, me encheu de agrados, sorriu gentilmente, depois suspirou e foi embora. Uma puta.

Ela estava de capa e calça comprida. Dava pra ver seu cabelo louro mesmo atrás. Ela era magra e, pela maneira como andava, via-se que podia subir os seis andares correndo várias vezes por dia com pacotes.

Fui atrás dela porque eu não tinha nada melhor para fazer. Uma vez ela parou, me viu e nós dois rimos. Uma vez me escondi numa porta, mas ela não se virou nem voltou. Quase a perdi. Ela andava rápido e acho que tinha me esquecido porque tinha mais o que fazer. Ela entrou por um portão, vi ela parar no térreo e tocar uma campainha. Não deu outra. A porta se abriu e dois pirralhos pularam no pescoço dela. Sete, oito anos, qual é? Ai, ai, ai... juro pra vocês.

Sentei na entrada e fiquei assim um tempo sem nenhuma vontade de estar ali nem em outro lugar. Tinha duas ou três coisas que eu poderia ter feito, a drugstore na Etoile com os quadrinhos, e com os quadrinhos a gente pode mandar tudo à merda. Ou eu poderia ter ido à Pigalle, até as garotas que gostam muito de mim, e arranjar uns trocados. Mas de repente fiquei de saco cheio de tudo, e pra mim tanto fez. Eu não queria mais estar ali de jeito nenhum. Fechei os olhos, mas era preciso mais que isso, e eu continuava ali, é automático quando a gente vive. Eu não fazia ideia de por que aquela puta tinha dado em cima de mim. Mas também devo dizer que sou um pouco idiota quando se trata de entender, faço pesquisas o tempo todo, e o seu Hamil é que tem razão quando diz que faz uma porção de tempo que ninguém entende mais nada e que só nos resta nos espantar com isso. Fui ver o circo de novo, ganhei uma hora ou duas, mas isso não é nada num dia. Entrei num salão de chá para senhoras, devorei dois bolos e algumas bombas de chocolate, é o que eu prefiro, perguntei onde podia mijar e, voltando, desabalei porta afora, e tchauzinho. Depois afanei umas luvas na bancada da Printemps e fui jogar elas fora numa lata de lixo. Me fez bem.

Foi voltando da Rue de Ponthieu que aconteceu realmente uma parada bizarra. Não acredito muito em paradas bizarras, porque não vejo o que elas têm de diferente.

Eu estava com medo de voltar para casa. Madame Rosa dava pena de ver e eu sabia que ela ia me faltar de um momento para o outro. Pensava nisso o tempo todo e às vezes desejava não voltar mais. Minha vontade era ir afanar alguma coisa de grande numa loja e ser apanhado só pra causar. Ou ser encurralado numa filial e me defender com tiros de metralhadora até o último. Mas eu sabia que nem assim alguém ia prestar atenção em mim. Então eu estava na Rue de Ponthieu e matei uma ou duas horas vendo os caras jogando futebol dentro de um bar. Aí eu quis ir pra outro lugar, mas não sabia pra onde, então fiquei ali vadiando. Eu sabia que Madame Rosa estava no desespero, ela sempre tinha medo que me acontecesse alguma coisa. Ela quase não saía, pois não conseguíamos mais subi-la de volta. No começo, a gente esperava lá embaixo em quatro ou cinco, e todos os meninos faziam força quando ela voltava e a gente empurrava. Mas agora isso era cada vez mais raro, ela não tinha mais pernas nem coração suficientes, e seu fôlego não daria nem para uma pessoa que fosse um quarto dela. Madame Rosa não queria ouvir falar de hospital, onde eles fazem você morrer até o fim em vez de te dar uma picada. Ela dizia que na França eram contra a morte doce e que obrigavam a gente a viver enquanto a gente aguentasse sofrer. Madame Rosa tinha um medo atroz da tortura e dizia sempre que, quando estivesse realmente cheia, ela mesma ia se abortar. Ela nos advertia que, se o hospital se apoderasse dela, nós todos íamos terminar na legalidade da Assistência Pública, e caía no choro pensando que talvez fosse morrer em conformidade com a lei. A lei é feita para proteger as pessoas que têm alguma coisa a ser protegida contra os outros. Seu Hamil diz que a humanidade é apenas uma vírgula no Grande Livro da vida e quando um velho diz uma estupidez dessas não vejo o que posso acrescentar. A humanidade não é uma vírgula, porque quando Madame Rosa me olha com seus olhos judeus, ela não é uma vírgula, é na verdade o próprio Grande Livro da vida inteiro, e eu não quero vê-lo. Fui duas vezes na mesquita por Madame Rosa, e isso não mudou nada porque ali não vale para os judeus. Por isso eu hesitava em voltar para Belleville e me ver olho no olho com Madame Rosa. Ela dizia o tempo todo *"Oy! Oy!"*, é o grito do coração judeu quando eles sentem dor em algum lugar, nos árabes é completamente diferente, nós dizemos *"Khai! Khai!"* e os franceses dizem "Oh! Oh!" quando não estão felizes, e não precisamos acreditar, isso também acontece com eles. Eu ia fazer dez anos porque Madame Rosa tinha decidido que eu precisava adquirir o hábito de ter uma data de nascimento, e ela caía hoje. Ela dizia que era importante pra eu me desenvolver normalmente e que todo o resto, sobrenome do pai, da mãe, é esnobismo.

    Eu tinha me instalado na entrada de um prédio para esperar que aquilo passasse, mas o tempo é ainda mais velho que tudo e caminha devagar. Quando as pessoas estão mal, seus olhos aumentam e fazem mais expressão do que antes. Os olhos de Madame Rosa aumentavam e ficavam cada vez mais parecidos com os dos cachorros que te olham quando você bate neles sem saber por quê. Eu via aquilo daqui e no entanto estava na Rue Ponthieu, perto dos Champs-Élysées onde há lojas de alta classe. Seu cabelo do pré-guerra caía cada vez mais, e quando ela tinha coragem de lutar queria que eu encontrasse pra ela uma peruca nova com cabelo de verdade para ela ficar parecendo mulher. Sua peruca velha estava nojenta, ela também. É bom dizer que ela estava ficando careca como um homem e que isso incomodava os olhos porque não foi previsto para as mulheres. Ela ainda queria uma peruca ruiva, era a cor que ia melhor com seu tipo de beleza. Eu não sabia onde roubar uma pra ela. Em Belleville, não existem estabelecimentos para as mulheres feias chamados salões de beleza. Nos Élysées, não ouso entrar. Tem que pedir, medir, um saco.

Eu me sentia na pior. Estava até com vontade de uma Coca. Tentava me dizer que eu não tinha nascido nesse dia mais do que em qualquer outro e que de qualquer forma essas histórias de data de nascimento são meras convenções coletivas. Pensava nos meus amigos, no Mahoute ou no Shah, que trampava numa bomba de gasolina. Quando a gente é pirralho, para ser alguém tem que ser muitos.

Deitei no chão, fechei os olhos e fiz uns exercícios para morrer, mas o cimento estava frio e eu tive medo de pegar uma doença. No meu caso, eu conhecia caras que injetam um monte de merda, mas não vou lamber o saco da vida pra ser feliz. Não quero enfeitar a vida, mas desprezá-la. Não temos nada um para o outro. Quando eu tiver a maioridade legal, talvez entre numas de ser terrorista, com desvio de aviões e tomada de reféns como na tevê, para exigir alguma coisa, ainda não sei o quê, mas não será café-pequeno. Um troço de verdade, porra. No momento eu não sei dizer a vocês o que devo exigir, porque ainda não recebi formação profissional.

Eu estava sentado no chão, com a bunda no cimento, desviando aviões e tomando reféns que saíam de mãos para o alto e me perguntando o que eu ia fazer com o dinheiro, pois não se pode comprar tudo. Comprei o imóvel para Madame Rosa para que ela morra tranquilamente com os pés na água e com uma peruca nova. Vou colocar os filhos das putas e suas mães em hotéis de luxo em Nice, onde eles ficarão ao abrigo da vida e mais tarde poderão se tornar chefes de Estado em visita a Paris ou membros da maioria que manifestam seu apoio ou até mesmo fazedores importantes de sucesso. Eu poderia comprar pra mim uma tevê nova que vi na vitrine.

Eu pensava em tudo isso, mas não tinha muita vontade de negociar. Mandei chamar o palhaço azul e curtimos um momento juntos. Depois chamei o palhaço branco e ele sentou do meu lado e tocou silêncio pra mim no seu violino minúsculo. Minha vontade era atravessar e ficar com eles pra sempre, mas eu não podia deixar Madame Rosa sozinha na merda. Acolhemos um novo vietnamita café com leite no lugar do antigo, que uma negra do Caribe que era francesa tinha tido de propósito de um cafetão cuja mãe era judia e que ela mesma queria criar porque tinha feito disso uma história de amor e o negócio era pessoal. Ela pagava pontualmente, pois o sr. N'Da Amédée lhe deixava dinheiro suficiente para ter uma vida decente. Ela recebia quarenta por cento das transas, pois era uma calçada bastante concorrida que não conhecia sossego, e ainda era preciso pagar os iugoslavos, que são uma verdadeira desgraça por causa dos achaques. Havia inclusive corsos misturados com eles, pois eles começavam a ter uma nova geração.

Ao meu lado tinha um engradado com objetos sem utilidade e eu poderia pôr fogo e todo o prédio teria queimado, mas ninguém depois ia saber que fui eu, e de qualquer forma não era prudente. Lembro muito bem desse momento da minha vida porque era exatamente igual aos outros. Na minha casa é sempre a vida de todo dia, mas tem momentos em que me sinto ainda pior. Eu não sentia dor em lugar nenhum, então eu não tinha razão, mas era como se não tivesse nem braços nem pernas, só que eu tinha tudo de que precisava. Nem o seu Hamil conseguiria explicar isso.

Devo dizer sem ofender ninguém que o seu Hamil estava ficando cada vez mais idiota, como acontece às vezes com os velhos que estão prestes a receber a conta completa e que não têm mais desculpas. Eles sabem muito bem o que os espera e vemos em seus olhos que eles olham pra trás para se esconderem no passado como as avestruzes que fazem política. Ele não largava seu livro do Victor Hugo, mas estava confuso e achava que era o Corão, pois ele tinha os dois. Sabia eles de cor em pequenos pedaços e falava como respiramos mas fazendo misturas. Quando eu ia com ele à mesquita onde causávamos muito boa impressão porque eu conduzia ele como um cego e no nosso país os cegos são muito bem-vistos, ele se enganava o tempo todo e em vez de rezar recitava "Waterloo Waterloo melancólica planície", o que espantava os árabes ali presentes, porque aquilo não estava no lugar certo. Ele até ficava com lágrimas nos olhos por causa do fervor religioso. Ele ficava muito bonito com sua *jellaba* cinza e seu turbante branco na cabeça, e rezava para ser bem recebido. Mas ele nunca morreu e é possível que venha a ser campeão do mundo em todas as categorias, pois na sua idade não tem um capaz de se sair melhor. Os cachorros é que morrem mais moços entre os homens. Com doze anos, não podemos mais contar com eles e somos obrigados a renová-los. Da próxima vez que eu tiver um cachorro, vou pegá-lo no berço, assim terei bastante tempo para perdê-lo. Só os palhaços não têm problemas de vida e de morte, já que eles não surgem no mundo por via familiar. Eles foram inventados sem leis da natureza e nunca morrem, pois não seria engraçado. Posso vê-los ao meu lado quando quero. Posso ver o que eu quiser ao meu lado se eu quiser, King Kong ou Frankenstein e bandos de aves cor-de-rosa feridas, menos minha mãe, porque aí já não tenho imaginação suficiente.

Levantei, estava cheio da porta do prédio e olhei na rua pra ver. À direita tinha um furgão da polícia com os tiras todos preparados. Também quero ser tira quando eu for de maior pra não ter medo de nada e ninguém e pra saber o que se deve fazer. Quem é tira é comandado pela autoridade. Madame Rosa dizia que existiam muitos filhos de putas na Assistência Pública que viram tiras, guardas e republicanos, e ninguém pode mais tocar neles.

Saí pra ver, com as mãos nos bolsos, e me aproximei do ônibus da polícia, como eles chamam. Eu estava com um certo cagaço. Eles não estavam todos no ônibus, tinha uns espalhados no chão. Comecei a assobiar "En passant par la Lorraine", porque não tenho cara do nosso país, e um já estava sorrindo pra mim.

Os tiras são o que tem de mais forte no mundo. Um pirralho que tem um pai tira é como se tivesse duas vezes mais pai que os outros. Eles aceitam árabes e até negros, se tiverem alguma coisa de francês. São todos filhos de putas que passaram pela Assistência e ninguém tem nada para ensinar a eles. Não tinha coisa melhor como força de segurança, digo a vocês como penso. Nem mesmo os militares chegam aos pés deles, a não ser talvez o general. Madame Rosa tem um medo atroz dos tiras, mas é por causa do lar onde ela foi exterminada, e isso não conta como argumento, porque ela estava do lado errado. Ou então irei para a Argélia e ficarei do lado da polícia, onde eles têm mais necessidade. Há muito menos argelinos na França do que na Argélia, então aqui eles têm menos o que fazer. Ainda dei um ou dois passos na direção da viatura, onde eles estavam todos esperando desordens e ataques a mão armada e meu coração batia. Sinto-me sempre contrário à lei, senti claramente que não devia ter ido até lá. Mas eles não agiram de pronto, talvez estivessem cansados. Tinha inclusive um que dormia na janela, outro que comia tranquilamente uma banana descascada perto de um rádio, e reinava a descontração.

Do lado de fora tinha um tira louro com um rádio de antena na mão que não parecia nem um pouco preocupado com tudo que estava acontecendo. Eu estava com cagaço, mas era bom ter medo sabendo por quê, pois em geral tenho um medo atroz sem nenhuma razão, como quem respira. O tira com antena me viu, mas não tomou nenhuma providência e passei ao seu lado assobiando como em casa.

Há tiras que são casados e têm filhos, sei que isso existe. Uma vez conversei com o Mahoute para saber como é ter um pai tira, mas o Mahoute ficou de saco cheio, disse que sonhar não tem utilidade e foi embora. Não vale a pena conversar com drogados, eles não sentem curiosidade.

Ainda vadiei um pouco pra não voltar para casa, contando quantos passos havia em cada calçada, e havia uma fortuna, eu não tinha nem lugar nos meus números. Ainda fazia sol. Um dia vou ao campo para ver como ele é feito. O mar também poderia me interessar. Seu Hamil fala dele com muita estima. Não sei o que seria de mim sem o seu Hamil, que me ensinou tudo que sei. Ele veio para a França com um tio quando era menino e ficou jovem muito cedo quando seu tio morreu e mesmo assim conseguiu se qualificar. Agora ele está ficando cada vez mais idiota, mas é porque não somos previstos para viver tão velhos. O sol parecia um palhaço amarelo sentado no telhado. Um dia vou a Meca, seu Hamil disse que lá tem mais sol do que em qualquer outro lugar, é a geografia que quer assim. Mas penso que, no resto, Meca também não é tão alhures assim. Eu queria ir para muito longe, para um lugar cheio de outra coisa, e até procuro não imaginar pra não estragar. Poderíamos manter o sol, os palhaços e os cachorros, porque não é possível fazer nada melhor no gênero. Mas, quanto ao resto, seria tudo sigiloso e especialmente configurado para esse fim. Mas acho que isso também acabariam dando um jeito de ficar igual. É até divertido, às vezes, a que ponto as coisas prezam seus lugares.

Eram cinco horas e eu começava a voltar para casa quando vi uma loura parando seu míni na calçada proibida de estacionar. Reconheci ela na hora, pois sou rancoroso feito sarna. Era a puta que tinha me largado mais cedo depois de dar em cima de mim e que eu tinha seguido à toa. Fiquei totalmente surpreso ao vê-la. Paris é cheia de ruas e é preciso muito acaso para encontrar alguém ali dentro. A garota nem tinha me visto, eu estava na outra calçada e atravessei rápido para ser reconhecido. Mas ela estava com pressa ou talvez não pensasse mais no assunto, já tinham se passado duas horas. Ela entrou no número 39, que dava para o interior de um pátio com outra casa. Não tive nem tempo de me mostrar. Ela usava uma pele de camelo, uma calça e muitos cabelos na cabeça, todos louros. Tinha deixado pelo menos uns cinco metros de perfume atrás dela. Ela não tinha trancado o carro, e primeiro eu quis afanar alguma coisa dela lá dentro para que ela se lembrasse de mim, mas eu estava tão na fossa por causa do meu dia de nascimento e tudo o mais que até estava espantado de ter tanto espaço dentro de mim. Era muita gente pra mim sozinho. Bolas, pensei, não vale a pena afanar, ela não ia nem saber que fui eu. Estava com vontade que ela me visse, mas não se deve acreditar que eu estivesse procurando uma família. Com certo esforço Madame Rosa ainda podia durar um pouco de tempo. Moïse tinha conseguido se encaixar e até mesmo o Banania estava em negociação, com eles eu não precisava me preocupar. Eu não tinha doenças conhecidas, não era *inadoptado* e isso é a primeira coisa que as pessoas olham quando escolhem você. Até dá pra entender, porque tem gente que pega a gente em confiança e se vê nos braços com um pirralho que teve alcoólicos e não saiu do lugar, enquanto há excelentes que não encontraram ninguém. Eu também, se pudesse escolher, teria agarrado o que tem de melhor, e não uma velha judia que não se aguentava mais e me magoava e me dava vontade de morrer todas as vezes que eu a via nesse estado. Se Madame Rosa fosse uma cadela, já teria sido poupada, mas as pessoas são sempre muito mais boazinhas com os cães do que com as pessoas humanas, que não têm permissão para morrer sem sofrimento. Digo isso porque não se deve acreditar que eu estava seguindo a sra. Nadine, como ela se chamou mais tarde, para que Madame Rosa pudesse morrer sossegada.

A entrada do prédio dava para um segundo prédio menor no interior, e assim que entrei ouvi disparos de fogo, freios rangendo, uma mulher berrando e um homem suplicando: "Não me mate! Não me mate!". Eu até dei um pulo de tão perto que estava. Logo em seguida houve uma rajada de metralhadora e o homem gritou "Não!" como sempre quando se morre sem prazer. Aí teve um silêncio ainda mais horrível, e é nesse ponto que vocês não vão acreditar em mim. Tudo recomeçou como antes, com o mesmo cara que não queria ser morto porque tinha suas razões e a metralhadora que não o escutava. Ele recomeçou a morrer três vezes contra a vontade dele como se fosse um patife total e tivesse que morrer três vezes para dar o exemplo. Houve um novo silêncio durante o qual ele continuou morto, e depois eles partiram pra cima dele pela quarta e pela quinta vez, e no fim ele me deu até pena porque peralá. Depois deixaram ele sossegado e uma voz de mulher disse: "Meu amor, meu pobre amor", mas com uma voz tão comovida e com seus sentimentos mais sinceros que fiquei meio estupefato mesmo eu não sabendo o que isso quer dizer. Não tinha ninguém na entrada, a não ser eu e uma porta com uma lâmpada vermelha acesa. Eu mal me recuperava da emoção quando eles recomeçaram todo aquele banzé com "Meu amor, meu amor", mas cada vez num tom diferente, e depois eles insistiram várias vezes. O cara deve ter morrido cinco ou seis vezes nos braços da sua boa mulher de tal forma era agradável para ele sentir que ali havia alguém que se compadecia. Pensei em Madame Rosa, que não tinha ninguém para dizer a ela "Meu amor, meu pobre amor", porque ela como que não tinha mais cabelo e pesava na casa dos noventa e cinco quilos, cada um mais feio que o outro. Nesse momento a boa mulher só se matou para lançar um grito de desespero tão grande que eu corri para a porta e para o interior sem piscar. Merda, era uma espécie de cinema, só que todo mundo andava para trás. Quando entrei, a boa mulher na tela caiu sobre o corpo do cadáver para agonizar em cima e dali a pouco levantou, mas ao avesso, fazendo tudo de marcha a ré como se fosse viva indo e uma boneca voltando. Depois tudo se apagou e a luz se acendeu.

A garota que tinha desistido de mim estava diante de um microfone no meio da sala, em frente às poltronas, e quando tudo ficou aceso ela me viu. Tinha três ou quatro caras nos cantos, mas não estavam armados. Eu devia estar com a boca aberta, porque todo mundo me olhava desse jeito. A loura me reconheceu e abriu um imenso sorriso, o que levantou um pouco meu moral, eu tinha impressionado ela.

— Ora, é o meu amigo!

Não éramos nada amigos, mas eu não ia discutir. Ela veio até mim e olhou para o Arthur, mas eu sabia que ela estava interessada era em mim. As mulheres me irritam às vezes.

— O que é isso?

— Um guarda-chuva velho que eu vesti de novo.

— Ficou engraçado com essa fantasia, parece um fetiche. É seu amigo?

— Por acaso você acha que eu sou retardado? Não é um amigo, é um guarda-chuva.

Ela pegou o Arthur e fingiu que olhava pra ele. Os outros também. A primeira coisa que ninguém quer, quando adota um pirralho, é que ele seja retardado. Isso quer dizer que o pirralho decidiu parar no meio do caminho, porque nada nele lhe convém. Então ele tem pais deficientes que não sabem o que fazer com ele. Por exemplo, um pirralho tem quinze anos, mas se comporta como dez. Vejam bem, não podemos ganhar. Quando um pirralho tem dez anos como eu e se comporta como quinze, botam ele pra fora da escola porque é perturbado.

— Ele é bonito com o rosto todo verde. Por que você fez um rosto verde para ele?

Ela cheirava tão bem que pensei em Madame Rosa, por ser tão diferente.

— Não é um rosto, é um pano. Rostos são proibidos para nós.

— Como assim proibidos?

Ela tinha olhos azuis muito alegres, superbonzinhos e se agachou na frente do Arthur, mas era para mim.

— Sou árabe. Não é permitido rostos na nossa religião.

— Representar um rosto, você quer dizer?

— É ofensivo pra Deus.

Ela deu uma espiada em mim, com cara de quem não quer nada, mas eu via claramente que lhe causava uma impressão.

— Quantos anos você tem?

— Já disse na primeira vez em que a gente se viu. Dez anos. É hoje que acabo de ter isso. Mas a idade não importa. Tenho um amigo que tem oitenta e cinco anos e continua aqui.

— Como você se chama?

— Você já perguntou. Momo.

Depois ela precisou trabalhar. Ela me explicou que era o que eles chamam de uma sala de dublagem. As pessoas na tela abriam a boca como se fossem falar, mas eram as pessoas na sala que davam suas vozes pra elas. Era igual aos passarinhos, enfiavam diretamente suas vozes na goela deles. Quando dava errado na primeira vez e a voz não entrava no momento certo, tinham que recomeçar. E era isto que era bonito de ver: tudo começava a recuar. Os mortos retornavam à vida e voltavam a ocupar de marcha a ré seus lugares na sociedade. Apertavam um botão e tudo se afastava. Os carros recuavam ao avesso e os cachorros corriam de marcha a ré e as casas que se desfaziam em pó se juntavam e se reconstruíam num instante diante dos nossos olhos. As balas saíam do corpo, voltavam para as metralhadoras e os matadores se retiravam e pulavam pela janela de costas. O sangue que corria voltava para a casa dele no corpo e não tinha mais rastro de sangue em lugar nenhum, a ferida se fechava. Um sujeito que tinha cuspido recuperava seu cuspe na boca. Os cavalos galopavam de marcha a ré e um sujeito que tinha caído do sétimo andar ficou bom e entrou de novo pela janela. Era o mundo de verdade pelo avesso e era a coisa mais bonita que eu já tinha visto na porra da minha vida. Num certo momento, até vi Madame Rosa moça e viçosa, com todas as suas pernas, e fiz recuar mais ainda e ela ficou ainda mais bonita. Eu tinha lágrimas nos olhos.

Fiquei um tempão ali porque eu não era urgente em nenhum outro lugar, e como me esbaldei. O que eu mais gostava era quando a boa mulher na tela era morta, ficava um momento morta para dar pena e depois levantava do chão como se por uma mão invisível, começava a recuar e recuperava a verdadeira vida. O sujeito para quem ela dizia "Meu amor, meu pobre amor" parecia ser um tremendo lixo, mas isso não era da minha conta. As pessoas presentes viam claramente que aquilo fazia minha felicidade, aquele cinema, e me explicaram que era possível pegar tudo no fim e voltar assim até o começo, e um deles, um barbudo, brincou e disse: "Até o paraíso terrestre". Depois acrescentou: "Infelizmente, quando recomeçamos, é sempre a mesma coisa". A loura me disse que se chamava Nadine e que sua profissão era fazer as pessoas falarem com uma voz humana no cinema. Eu não tinha vontade de nada de tão contente que estava. Pensem só, uma casa que queima e desmorona e depois se apaga e se levanta. Vocês precisam ver isso com seus olhos para acreditar, porque os olhos dos outros não é a mesma coisa.

E foi aí que eu tive um verdadeiro acontecimento. Não posso dizer que voltei pra trás e que vi minha mãe, mas me vi sentado no chão e na minha frente vi pernas com botas até as coxas e uma minissaia de couro, e fiz um esforço terrível para erguer os olhos e ver seu rosto, eu sabia que era minha mãe, mas era tarde demais, as lembranças não conseguem erguer os olhos. Até consegui voltar ainda mais longe atrás. Sinto à minha volta dois braços quentes me ninando, estou com dor de barriga, a pessoa que me segura anda de lá pra cá cantarolando, mas continuo com dor de barriga e então disparo um tolete que vai se estatelar no chão e me sinto pior sob o efeito do alívio, e a pessoa quente me beija e ri um riso baixinho que eu ouço, ouço, ouço...

— Você gosta disso?

Eu estava sentado numa poltrona e não tinha mais nada na tela. A loura veio pra perto de mim, fizeram a luz reinar.

— Não é ruim.

Depois ainda tive direito ao cara que levava uma saraivada de metralhadora no bidê porque talvez fosse caixa de banco ou de um bando rival e que berrava "Não me mate, não me mate!" feito um idiota, porque isso não tem utilidade nenhuma, a pessoa deve exercer sua profissão. Gosto muito do cinema quando o morto diz "Vamos, senhores, façam o seu trabalho" antes de morrer, isso indica compreensão, não adianta nada contrariar as pessoas capturando-as com boas intenções. Mas o cara não encontrava o tom necessário para agradar e eles tiveram que fazer ele recuar pra consertar isso. Primeiro ele estendia as mãos pra fazer as balas pararem e aí berrava "Não, não!" e "Não me mate, não me mate!" com a voz do cara na sala que fazia isso no microfone com a maior segurança. Aí ele caía se contorcendo, pois isso agrada muito no cinema, e depois não se mexia mais. Os gângsteres davam outro tiro nele para garantir que ele não era mais capaz de prejudicá-los. E aí, quando já não havia esperança, tudo voltava a funcionar pelo avesso e o cara se levantava no ar como se fosse a mão de Deus que o estivesse pegando e o botasse de pé pra poder ainda se servir dele.

Depois vimos outros pedaços e tinha um que foi preciso recuar dez vezes pra sair tudo como previsto. As palavras também davam marcha a ré e diziam as coisas pelo avesso, e isso formava sons misteriosos como numa língua que ninguém conhece e que talvez signifique alguma coisa.

Quando não tinha nada na tela, eu me divertia imaginando Madame Rosa feliz com todos os seus cabelos de antes da guerra e não sendo nem obrigada a se virar porque era o mundo pelo avesso.

A loura fez um carinho na minha bochecha e devo dizer que ela era simpática e que isso era uma pena. Eu pensava nos seus dois pirralhos, aqueles que eu tinha visto, e isso era uma pena, falando sério.

— Você realmente parece gostar muito disso.
— Curti muito.
— Pode voltar quando quiser.
— Não tenho muito tempo, não lhe prometo nada.

Ela me convidou para tomar um sorvete e não pude dizer não. Eu também agradava ela, e quando peguei sua mão para andarmos mais depressa, ela sorriu. Tomei um sorvete de chocolate morango pistache, mas depois me arrependi, deveria ter tomado um de baunilha.

— Gosto muito quando podemos fazer tudo recuar. Moro na casa de uma dama que vai morrer logo.

Ela não tocava no seu sorvete, olhando para mim. Tinha o cabelo tão louro que não consegui evitar de erguer a mão e tocar nele, depois curti muito porque era uma curtição.

— Seus pais não estão em Paris?

Eu não soube o que dizer e engoli um pouco mais de sorvete, talvez seja o que mais amo no mundo.

Ela não insistiu. Sempre me aborrece quando me perguntam o que faz o seu pai ou onde está a sua mãe, é uma coisa que me falta como assunto de conversa.

Ela pegou uma folha de papel e uma caneta e escreveu alguma coisa que ela sublinhou três vezes para que eu não perdesse a folha.

— Tome, é meu nome e meu endereço. Pode aparecer quando quiser. Tenho um amigo que cuida das crianças.

— Um psiquiatra — eu disse.

Aí ela ficou impressionada.

— Por que você diz isso? São os pediatras que cuidam das crianças.

— Só quando são bebês. Depois são os psiquiatras.

Ela ficou calada e me olhava como se eu tivesse deixado ela com medo.

— Quem te ensinou isso?

— Tenho um amigo, o Mahoute, que conhece essas questões porque está se desintoxicando. É em Marmottan que ele está fazendo isso.

Ela colocou a mão em cima da minha e se inclinou para mim.

— Você me disse que tem dez anos, não é?

— Um pouco, sim.

— Você sabe muita coisa pra sua idade... Então, prometido? Você vai nos visitar?

Lambi meu sorvete. Eu não tinha o ânimo, e as boas coisas são ainda melhores quando não se tem o moral. Notei muito isso. Quando temos vontade de morrer, o chocolate tem um gosto melhor do que o normal.

— Você já tem alguém.

Lambi meu sorvete olhando direto nos olhos dela, com vingança.

— Vi você um pouco antes, quase nos encontramos. Você tinha voltado pra casa e já tem dois pirralhos. São louros como você.

— Você me seguiu?

— Segui, sim, você fingiu pra mim.

Não sei o que deu nela de repente, mas juro que tinha

muita gente na maneira como ela me olhou. Sabe, como se ela tivesse quatro vezes mais olhos do que antes.

— Escute, meu querido Mohammed...

— Me chamam mais de Momo, porque Mohammed é muita coisa pra dizer.

— Escute, meu querido, você tem meu nome e meu endereço, não os perca, vá me visitar quando quiser... Onde você mora?

Aí, sem chance. Uma garota assim, se aparecesse lá em casa e soubesse que aquilo é um *clandé* pra filhos de putas, seria a vergonha. Não que eu contasse com ela, eu sabia que ela já tinha alguém, mas filhos de putas pras pessoas direitas significam logo *proxinetas*, cafetões, criminalidade e delinquência juvenil. Temos uma má reputação horrível entre as pessoas direitas, acreditem na minha velha experiência. Elas nunca pegam a gente, porque existe o que o dr. Katz chama de influência do meio familiar, e aí as putas pra elas são o que existe de pior. E depois elas têm medo das doenças venéreas nos pirralhos que são todos hereditários. Eu não quis dizer não, então dei pra ela um endereço falso. Peguei o papel dela e enfiei no bolso, nunca se sabe, mas milagres não existem. Ela começou a me fazer perguntas, eu não dizia nem que sim nem que não, tomei mais um sorvete, de baunilha, e foi só. Baunilha é a melhor coisa do mundo.

— Você vai conhecer meus filhos e iremos todos para o campo em Fontainebleau... Temos uma casa lá...

— Vou embora, até logo.

Levantei de um pulo porque eu não tinha perguntado nada pra ela e saí na disparada com o Arthur.

Me diverti um pouco assustando os carros, passando na frente no último segundo. As pessoas têm medo de atropelar um menino, e eu adorava sentir que isso causava alguma coisa nelas. Elas dão freadas incríveis para não machucar você e mesmo assim isso é melhor do que nada. Minha vontade era até dar mais medo nelas, mas não tinha meios para isso. Eu ainda não tinha certeza se ia entrar na polícia ou nos terroristas, vou ver mais tarde quando estiver lá. De toda forma, é preciso um bando organizado, porque sozinho isso não é possível, é pequeno demais. E depois eu não gosto muito de matar, pelo contrário. Não, o que eu queria mesmo era ser um cara como o Victor Hugo. Seu Hamil diz que podemos fazer tudo com as palavras, mas sem matar pessoas, e eu vou ter tempo, vou ver. Seu Hamil diz que é o que tem de mais irado. Se querem minha opinião, se os caras à mão armada são assim, é porque eles não foram notados quando eram pirralhos e ficaram na moita. Há pirralhos demais pra serem percebidos, há inclusive os que são obrigados a morrer de fome para serem percebidos, ou então eles montam uma gangue para serem vistos. Madame Rosa me disse que existem milhões de meninos morrendo no mundo e que alguns são até fotografados. Madame Rosa diz que o pau é o inimigo do gênero humano e que o último bom sujeito entre os médicos foi Jesus, que não saiu de um pau. Ela diz que é um caso excepcional. Madame Rosa diz que a vida pode ser muito bonita, mas que ainda não a descobrimos de verdade, e enquanto isso é preciso viver. Seu Hamil também me falou muito bem da vida e especialmente dos tapetes persas.

Correndo no meio dos carros para pôr medo neles, pois um menino atropelado juro que não dá prazer a ninguém, eu tinha muita importância, sentia que podia causar aborrecimentos sem fim a eles. Eu não ia ser atropelado só para contrariá-los, mas causava a maior sensação. Tem um amigo, a gente chama ele de Claudo, que foi atropelado assim, bancando o babaca, e teve direito a três meses de cuidados no hospital, quando, se ele tivesse perdido uma perna em casa, seu pai teria mandado ele ir atrás dela.

Já era de noite e Madame Rosa talvez estivesse começando a ficar com medo porque eu não estava lá. Corri depressa pra chegar, porque eu tinha aproveitado um tempão sem Madame Rosa e sentia remorsos.

Vi na hora que ela tinha se deteriorado mais ainda durante minha ausência e principalmente em cima, na cabeça, onde ela ia ainda pior do que em outras partes. Ela tinha me dito várias vezes, rindo, que a vida não estava muito satisfeita com ela, e agora se via isso. Tudo que ela tinha doía. Já fazia um mês que ela não podia mais fazer o mercado por causa dos andares e me dizia que se eu não estivesse lá para dar preocupação pra ela, ela não teria mais nenhum interesse em viver.

 Contei a ela o que vi naquela sala onde se voltava de marcha a ré, mas ela só suspirou e fizemos um lanche. Ela sabia que estava se deteriorando rapidamente, mas ainda fazia muito bem a cozinha. A única coisa que ela não queria por nada no mundo era o câncer, e aí ela tinha sorte, já que era a única coisa que ela não tinha. No resto, estava tão danificada que até seu cabelo tinha parado de cair porque o mecanismo que o fazia cair também estava deteriorado. No fim, corri para chamar o dr. Katz e ele veio. Ele não era muito velho, mas não podia mais com as escadas que acometem o coração. Tinha ali dois ou três pirralhos de meio de semana, dois iam embora no dia seguinte e o terceiro ia para Abidjan, onde a mãe dele ia se aposentar num sex shop. Ela tinha comemorado a última transa dois dias antes, depois de vinte anos nos Halles, e contou a Madame Rosa que depois tinha ficado toda esquisita, com a impressão de ter envelhecido de supetão. Ajudamos o dr. Katz a subir, apoiando-o de todos os lados, e ele nos fez sair para examinar Madame

Rosa. Quando voltamos, Madame Rosa estava feliz, não era o câncer, o dr. Katz era um grande médico e tinha feito um bom trabalho. Então ele olhou pra todos nós, mas quando digo todos eram apenas as sobras, eu sabia que logo ia estar sozinho lá dentro. Havia um rumor de Orléans de que a judia fazia a gente passar fome. Não lembro mais dos nomes dos outros três pirralhos que estavam lá, só de uma garota que se chamava Edith, vai saber por quê, pois ela não tinha mais de quatro anos.

— Quem de vocês é o mais velho?

Eu disse a ele que era o Momo como sempre, pois nunca fui suficientemente jovem para evitar aborrecimentos.

— Ótimo, Momo, vou fazer uma receita e você vai à farmácia.

Saímos para o corredor e ali ele olhou pra mim como sempre fazem pra gente ficar com pena.

— Escute, meu pequeno, Madame Rosa está muito doente.

— Mas o senhor não disse que ela não tinha o câncer?

— Ela não tem, mas, sinceramente, está muito mal, muito mal.

Ele me explicou que Madame Rosa tinha nela doenças suficientes para várias pessoas e que era necessário colocá-la no hospital, numa grande sala. Lembro muito bem que ele falou de uma grande sala, como se fosse preciso muito espaço para todas as doenças que ela tinha nela, mas acho que ele disse isso para descrever o hospital sob cores animadoras. Eu não entendia os nomes que o sr. Katz me enumerava com satisfação, pois via-se claramente que ele tinha aprendido muito nela. O pouco que entendi foi quando ele me disse que Madame Rosa estava muito nervosa e podia ser atacada a qualquer momento.

— Mas é principalmente a senilidade, a senescência, se preferir...

Eu não preferia nada, mas não tinha o que discutir. Ele me explicou que Madame Rosa estava encurtada em suas artérias, suas canalizações estavam fechando e a coisa não circulava mais por onde devia.

— O sangue e o oxigênio não alimentam mais adequadamente o seu cérebro. Ela perderá a capacidade de pensar e vai viver feito um vegetal. Ela pode durar ainda muito tempo e inclusive ter flashes de inteligência anos a fio, mas isso não perdoa, meu pequeno, isso não perdoa.

Ele já estava me enchendo com aquela mania de repetir "isso não perdoa, isso não perdoa", como se existisse alguma coisa que perdoasse.

— Mas não é o câncer, certo?
— Em hipótese alguma. Pode ficar tranquilo.

Em todo caso, era uma boa notícia e abri o berreiro. Eu sentia um prazer enorme em evitarmos o pior. Sentei na escada e chorei como um bezerro. Bezerros nunca choram, mas é a expressão que quer assim.

O dr. Katz sentou do meu lado na escada e colocou a mão no meu ombro. Parecia o seu Hamil pela barba.

— Você não deve chorar, meu pequeno, é natural que os velhos morram. Você tem toda a vida pela frente.

Por acaso aquele porco queria me dar medo? Sempre notei que os velhos dizem "Você é jovem, tem toda a vida pela frente" com um bom sorriso, como se isso desse prazer a eles.

Levantei. Ótimo, eu sabia que tinha minha vida toda pela frente, mas não ia ficar maluco por causa disso.

Ajudei o dr. Katz a descer e subi de novo a toda para anunciar a boa nova a Madame Rosa.

— É isso aí, Madame Rosa, agora é certo, a senhora não tem o câncer. O doutor é completamente definitivo nesse ponto.

Ela abriu um sorriso imenso, porque ela quase não tem mais dentes sobrando. Quando Madame Rosa sorri, ela fica menos velha e feia do que o normal, pois conservou um sorriso muito jovem que lhe dá cuidados de beleza. Ela tem um retrato em que tinha quinze anos, antes dos extermínios dos alemães, e não dava pra ver que um dia aquilo ia dar em Madame Rosa, quando olhávamos pra ela. E era a mesma coisa na outra ponta, difícil imaginar coisa igual, Madame Rosa com quinze anos. Elas não tinham relação nenhuma. Madame Rosa com quinze anos tinha uma bela cabeleira ruiva e um sorriso como se estivesse cheio de coisas boas pela frente, para onde quer que ela fosse. Me dava dor de barriga ver ela com quinze anos e depois agora, na sua situação presente. A vida se encarregou dela, sério. Às vezes, eu me ponho na frente do espelho e tento imaginar no que eu vou dar quando a vida tiver se encarregado de mim, faço isso puxando meu beiço com os dedos e fazendo caretas.

Foi assim que dei a Madame Rosa a melhor notícia da sua vida, que ela não tinha o câncer.

À noite abrimos a garrafa de champanhe que o sr. N'Da Amédée tinha nos dado pra gente comemorar que Madame Rosa não tinha o pior inimigo do povo, como ele dizia, pois o sr. N'Da Amédée também queria entrar na política. Ela retocou sua beleza para o champanhe e até o sr. N'Da Amédée pareceu espantado. Depois ele foi embora, mas ainda tinha sobrado na garrafa. Enchi o copo de Madame Rosa, fizemos tim-tim e fechei os olhos pondo a judia de marcha a ré até que ela teve quinze anos como no retrato e até consegui beijá-la assim. Terminamos o champanhe, eu estava sentado num banquinho ao lado dela e tentava fazer uma cara boa para animá-la.

— Madame Rosa, daqui a pouco a senhora irá para a Normandia, o sr. N'Da Amédée vai lhe dar uns trocados para isso.

Madame Rosa dizia sempre que as vacas eram as pessoas mais felizes do mundo e sonhava ir morar na Normandia onde o ar é bom. Acho que eu nunca quis tanto ser um tira como quando estava sentado no banquinho de mão dada com ela, de tão fraco que eu me sentia. Depois ela pediu seu robe de chambre cor-de-rosa, mas não conseguimos fazer ela entrar dentro dele porque era seu robe de chambre de puta e ela tinha engordado demais depois dos quinze anos. Do meu ponto de vista, não respeitam o suficiente as putas velhas, em vez de persegui-las quando elas são jovens. Eu, se estivesse em condições, cuidaria unicamente das putas velhas, porque as jovens têm *proxinetas*, mas as velhas não têm ninguém. Pegaria apenas as que são velhas, feias e que têm mais utilidade, seria seu *proxineta*, cuidaria delas e faria reinar a justiça. Eu seria o maior tira e *proxineta* do mundo e comigo ninguém nunca mais veria uma puta velha abandonada chorar no sexto andar sem elevador.

— Fora isso, o que o doutor falou? Eu vou morrer?

— Não especialmente, Madame Rosa. Ele não falou especialmente que a senhora vai morrer mais que qualquer outra pessoa.

— O que é que eu tenho?

— Ele não contou, disse que tinha um pouco de tudo, e como.

— E as minhas pernas?

— Ele não falou nada especialmente para as pernas, e depois a senhora sabe muito bem que não é com as pernas que se morre, Madame Rosa.

— E o que eu tenho no coração?

— Ele não insistiu nisso.

— E o que ele disse sobre os vegetais?

Eu me fiz de inocente.

— Como assim, os vegetais?

— Ouvi ele falar alguma coisa sobre vegetais...

— Tem que comer vegetais para a saúde, Madame Rosa, a senhora sempre nos fez comer vegetais. Às vezes até nos fez só comer isso.

Ela tinha os olhos cheios d'água e eu fui pegar papel de bunda para enxugar.

— O que vai ser de você sem mim, Momo?
— Eu não vou ser absolutamente nada e depois não tem nada certo.
— Você é um garotinho bonito, Momo, e isso é perigoso. É bom desconfiar. Prometa que não vai se virar com seu rabo.
— Prometo.
— Jure.
— Juro, Madame Rosa. Pode ficar tranquila desse lado.
— Momo, lembre-se mais tarde que o rabo é o que existe de mais sagrado no homem. É ali que ele tem sua honra. Não deixe nunca ninguém ir no seu rabo, mesmo se pagar bem. Mesmo se eu morrer e você só tiver seu rabo no mundo, não se deixe enganar.
— Eu sei, Madame Rosa, essa é a profissão de uma boa mulher. Um homem deve se fazer respeitar.
Ficamos assim uma hora de mãos dadas e isso tirava um pouco do medo dela.

Seu Hamil quis subir para ver Madame Rosa quando soube que ela estava doente, mas, com seus oitenta e cinco anos sem elevador, isso estava fora da lei. Eles tinham se conhecido trinta anos antes quando seu Hamil vendia seus tapetes e Madame Rosa vendia o seu, e era injusto ver os dois agora separados por um elevador. Ele queria escrever um poema do Victor Hugo para ela, mas não tinha mais os olhos e precisei decorá--lo da parte do seu Hamil. Começava com *soubhân ad daim lâ iazoul*, o que significa que só o Eterno nunca termina, e subi rápido até o sexto andar enquanto ainda estava fresco e recitei aquilo para Madame Rosa, mas enguicei duas vezes e tive que amargar duas vezes os seis andares para pedir ao seu Hamil os pedaços de Victor Hugo que me faltavam.

 Eu dizia a mim mesmo que seria uma boa coisa se o seu Hamil se casasse com Madame Rosa, pois eram da mesma idade e poderiam deteriorar juntos, o que sempre dá prazer. Falei sobre isso com o seu Hamil, poderíamos subi-lo até o sexto andar numa maca para a proposta e depois transportar os dois para o campo e deixá-los numa plantação até que morressem. Não foi assim que eu falei, porque não é desse jeito que estimulamos o fim, apenas observei que era mais agradável ser dois e poder trocar observações. Acrescentei para o seu Hamil que ele poderia viver até cento e sete anos, pois a vida talvez o tivesse esquecido, e, já que ele tinha se interessado uma ou duas vezes por Madame Rosa, era hora de pular na oportunidade. Todos os dois precisavam de amor e, como isso não era mais possível na idade deles, eles precisavam unir suas forças. Peguei inclusive o retrato de Madame Rosa quando ela tinha quinze anos e seu Hamil admirou-a através dos óculos especiais que ele tinha para ver mais que os outros. Ele segurou a foto bem longe e depois bem perto e deve ter visto alguma coisa apesar de tudo, pois sorriu e depois ficou com lágrimas nos olhos, mas não especialmente, só porque era um velhote. Os velhotes não conseguem mais parar de escorrer.

— Veja como Madame Rosa era bonita antes dos acontecimentos. Vocês deviam se casar. Bom, eu sei, mas o senhor pode sempre olhar o retrato pra se lembrar dela.

— Talvez eu tivesse me casado com ela há cinquenta anos, se eu a conhecesse, meu pequeno Mohammed.

— Vocês teriam se enchido um do outro em cinquenta anos. Agora não conseguem nem mais se enxergar e, para se encherem um do outro, não têm mais tempo.

Ele estava sentado em frente à sua xícara de café, tinha pousado a mão em cima do Livro de Victor Hugo e parecia feliz porque era um homem que não pedia demais da vida.

— Meu pequeno Mohammed, eu não poderia me casar com uma judia, mesmo se eu ainda fosse capaz de fazer uma coisa assim.

— Ela não é absolutamente uma judia nem nada, seu Hamil, ela só sente dor em tudo. E o senhor é tão velho que agora é Alá que tem que pensar no senhor e não o senhor em Alá. O senhor já foi vê-Lo em Meca, agora ele é que tem que se incomodar. Por que não casar com oitenta e cinco anos, quando não arrisca mais nada?

— E o que faríamos quando estivéssemos casados?

— Vocês ficam sentindo pena um do outro, cacete. É pra isso que todo mundo se casa.

— Estou velho demais para me casar — disse seu Hamil, como se não estivesse velho demais para tudo.

Eu não ousava mais olhar para Madame Rosa, tamanha sua deterioração. Os outros pirralhos tinham sido retirados, e quando uma mãe puta qualquer aparecia para discutir pensão, via claramente que a judia estava em ruínas e não queria deixar o pirralho. O mais terrível é que Madame Rosa se maquiava cada vez mais vermelho e às vezes fazia abordagem com os olhos e trejeitos com os lábios, como se ainda estivesse na calçada. Aí já era demais, eu me recusava a ver aquilo. Descia pra rua e vadiava lá fora o dia inteiro, e Madame Rosa ficava sozinha abordando ninguém, com seus beiços vermelhíssimos e suas micagens. Às vezes eu me sentava na calçada e fazia o mundo recuar como na sala de dublagem, só que ainda mais longe. As pessoas saíam das portas e eu fazia elas entrarem de novo de costas e ia pro meio da pista e afastava os carros e ninguém podia se aproximar de mim. Eu não estava na minha forma olímpica, sei lá.

Felizmente tínhamos vizinhos para nos ajudar. Já falei de Madame Lola, que morava no quarto andar e se virava no Bois de Boulogne como travesti e que, antes de ir pra lá, pois ela tinha um carro, costumava vir nos dar uma mãozinha. Ela tinha só trinta e cinco anos e ainda muitos sucessos pela frente. Ela trazia chocolate, salmão defumado e champanhe porque isso custava caro, e é por isso que as pessoas que se viram com seu rabo nunca guardam dinheiro. Era o momento em que o rumor de Orléans dizia que os trabalhadores norte-africanos tinham cólera que eles iam pegar em Meca, e a primeira coisa que Madame Lola sempre fazia era lavar as mãos. Ela tinha horror ao cólera, que não era higiênico e gostava da sujeira. Da minha parte, eu não conhecia o cólera, mas acho que ele não pode ser tão nojento quanto Madame Lola dizia, era uma doença que não era responsável. Às vezes eu até tinha vontade de defender o cólera, porque pelo menos não é culpa dele se ele é assim, ele nunca decidiu ser o cólera, isso apenas aconteceu com ele.

    Madame Lola circulava de carro a noite inteira no Bois de Boulogne e dizia que era o único senegalês na profissão e que agradava muito porque quando ela se abria ela tinha ao mesmo tempo belos nichos e um pau. Ela alimentara seus nichos artificialmente, como galinhas. Era tão parruda por causa do seu passado de pugilista que conseguia levantar uma mesa segurando-a por um pé, mas não era para isso que a pagavam. Eu gostava muito dela, era alguém que não se parecia com nada e que não tinha nenhuma relação. Entendi logo que ela se interessava por mim para ter crianças que em sua profissão não podia ter, já que lhe faltava o necessário. Ela usava uma peruca loura e seios que são muito procurados pelas mulheres e que ela alimentava todo dia com hormônios, e se entortava toda no seu salto alto fazendo gestos pederastas para provocar os clientes, mas era realmente uma pessoa não como todo mundo e a gente se sentia em confiança. Eu não entendia por que as pessoas são sempre classificadas pela bunda e que deem importância a isso, sendo que isso não pode nos fazer mal. Eu cortejava um pouco ela, pois precisávamos muito dela, ela nos passava dinheiro e fazia comida, provando o molho com pequenos gestos e cara de prazer, com seus brincos balançando e se pavoneando no seu salto alto. Ela dizia que quando era moça no Senegal ela derrotara Kid Govella em três ocasiões, mas que sempre tinha sido infeliz como homem. Eu dizia a ela: "Madame Lola, a senhora é como nada e ninguém", e isso lhe dava prazer e ela me respondia: "Sim, meu pequeno Momo, sou uma criatura de sonho", e era verdade, ela parecia o palhaço azul ou o meu guarda-chuva Arthur, que eram muito diferentes também. "Você vai ver, meu pequeno Momo, quando você for grande, que há marcas exteriores de respeito que não querem dizer nada, como os colhões, que são um acidente da natureza." Madame Rosa estava sentada em sua poltrona e pedia pra ela prestar atenção, eu ainda era uma criança. Não, falando sério, ela era simpática, pois era completamente do avesso e não era malvada. Quando se preparava para sair à noite com sua peruca loura, seu salto alto e seus brincos e seu lindo rosto negro com marcas de boxeador, o pulôver branco que era bom para os seios, uma echarpe cor-de-rosa em volta do pescoço por causa do pomo de adão, que é muito malvisto nos *travestites*, sua saia com fenda na lateral e ligas, era verdadeiramente não verdadeiro, deu pra entender?

Às vezes ela desaparecia um ou dois dias em Saint-Lazare e voltava esgotada com sua maquiagem desmazelada, deitava e tomava um sonífero porque não é verdade que a gente termina se acostumando com tudo. Uma vez a polícia foi na casa dela para procurar droga, mas era injusto, colegas que eram invejosas a tinham caluniado. Estou falando da época em que Madame Rosa podia falar e estava no seu juízo perfeito, menos às vezes quando parava no meio e ficava olhando de boca aberta bem reto pra frente, com cara de não saber quem era, onde estava e o que fazia ali. Era o que o dr. Katz chamava de estado de torpeza. Nela isso era muito mais forte do que em todo mundo e acontecia com frequência, mas ela ainda fazia muito bem sua carpa à moda judaica. Madame Lola vinha todo dia saber notícias e, quando o Bois de Boulogne funcionava bem, nos dava dinheiro. Ela era respeitada no bairro e os folgados entravam no cacete.

Não sei o que seria da gente no sexto andar se não houvesse os outros cinco andares onde havia locatários que não procuravam se prejudicar. Eles nunca tinham denunciado Madame Rosa à polícia quando ela tinha em casa até dez filhos de putas que tocavam o terror na escada.

Havia inclusive um francês no segundo andar que se comportava como se não estivesse nem um pouco em sua casa. Ele era alto, seco com uma bengala e vivia lá tranquilamente sem se fazer notar. Sabendo que Madame Rosa se deteriorava, um dia ele subiu os quatro andares que tínhamos a mais que ele e bateu na porta. Entrou, cumprimentou Madame Rosa, madame, apresento meus respeitos, sentou, segurando o chapéu no colo, todo reto, a cabeça alta, e tirou do bolso um envelope com um selo e seu nome escrito em cima com todas as letras.

— Meu nome é Louis Charmette, como esse nome indica. Pode ler a senhora mesma. É uma carta da minha filha que me escreve uma vez por mês.

Ele nos mostrava a carta com seu nome escrito em cima, como se quisesse nos provar que ainda tinha um.

— Sou aposentado da SNCF, departamento administrativo. Soube que a senhora estava doente após vinte anos passados no mesmo prédio e quis aproveitar o ensejo.

Já disse a vocês que Madame Rosa, fora sua doença, tinha vivido muito e que isso lhe dava suores frios. Ela tinha ainda mais quando havia alguma coisa que ela compreendia cada vez menos, e é sempre o caso quando a gente envelhece e isso se acumula. Então esse francês que tinha se incomodado e subido quatro andares para cumprimentá-la causou nela um efeito definitivo, como se aquilo quisesse dizer que ela ia morrer e que aquele era o representante oficial. Ainda mais que esse indivíduo estava vestido muito corretamente, com um terno preto, uma camisa e uma gravata. Não acho que Madame Rosa tinha vontade de viver, mas ela também não tinha vontade de morrer, acho que não era nem uma coisa nem outra, ela tinha se acostumado. Mas acho que há coisa melhor a fazer.

Esse sr. Charmette parecia muito importante e sério na maneira como estava sentado todo reto e imóvel, e Madame Rosa teve medo. Eles fizeram um longo silêncio e depois não encontraram nada para se dizer. Se querem minha opinião, esse sr. Charmette tinha subido porque ele também era sozinho e queria consultar Madame Rosa para se associar. Quando a pessoa tem uma certa idade, ela fica cada vez menos frequentada, a não ser que tenha filhos e a lei da natureza os obrigue. Acho que os dois davam medo um no outro e se olhavam como se dissessem depois do senhor não depois da senhora, por obséquio. O sr. Charmette era mais velho do que Madame Rosa, mas ele fazia o seco e a judia transbordava de todos os lados, e a doença tinha ocupado muito mais espaço nela. É sempre mais duro para uma velha que foi obrigada a ser também judia do que para um funcionário da SNCF.

Ela estava sentada em sua poltrona com um leque na mão que ela tinha guardado do seu passado, quando lhe davam presentes para mulheres, e não sabia o que dizer de tanto que estava impressionada. O sr. Charmette olhava para ela bem reto com seu chapéu no colo, como se tivesse vindo buscá-la, e a cabeça da judia tremia e suava de medo. Tirando isso, é maneiro imaginar que a morte pode entrar e sentar com o chapéu no colo, olhar você nos olhos e te dizer que está na hora. Mas eu via direitinho que era apenas um francês a quem faltavam compatriotas e que tinha agarrado a oportunidade para marcar presença quando a notícia de que Madame Rosa não ia mais descer se espalhou na opinião pública até a mercearia tunisiana do sr. Keibali, onde todas as notícias se reúnem.

Esse sr. Charmette tinha um rosto já sombreado, principalmente em volta dos olhos, que são os primeiros a se escavar e vivem sozinhos em seu bairro com uma expressão de por quê, com que direito, o que está acontecendo comigo. Lembro muito bem dele, lembro de como estava sentado bem reto diante de Madame Rosa, com suas costas que ele não conseguia mais dobrar por causa das leis do reumatismo que aumenta com a idade, principalmente quando as noites são frias, o que acontece muito fora da estação. Ele tinha ouvido na mercearia que Madame Rosa não ia durar muito tempo e que estava acometida em seus órgãos principais que não eram mais de utilidade pública, e deve ter achado que a referida pessoa podia compreendê-lo melhor do que aquelas ainda integrais e subiu. A judia entrou em pânico, era a primeira vez que recebia um francês católico todo reto calado na frente dela. Eles se calaram mais um pouco, mais um pouco, e aí o sr. Charmette se abriu e começou a falar muito sério com Madame Rosa a respeito de tudo que ele tinha feito na vida pelas estradas de ferro francesas, e sinceramente aquilo era demais para uma velha judia num estado muito avançado e que ia assim de surpresa em surpresa. Todos os dois tinham medo, pois não é verdade que a natureza faz as coisas direito. A natureza faz qualquer coisa com qualquer um e não sabe nem o que faz, às vezes são flores e passarinhos, às vezes é uma velha judia no sexto andar que não pode mais descer. Esse sr. Charmette me dava pena, pois via-se claramente no caso dele também que ele era nada e ninguém, apesar da sua previdência social. Eu por mim acho que são principalmente os artigos de primeira necessidade que fazem falta.

Não é culpa dos velhos se eles ficam sempre danificados no fim, e eu não sou muito caloroso com as leis da natureza.

Era bizarro ouvir o sr. Charmette falar de trens, estações e horários de partida, como se ainda esperasse poder se safar pegando o trem certo na hora certa e encontrando uma conexão, quando ele sabia muito bem que já tinha chegado e que agora só lhe restava descer.

Eles continuaram assim um bom tempo e eu me preocupava com Madame Rosa, pois via que ela estava toda transtornada com uma visita de tal importância, como se tivessem vindo lhe prestar as últimas homenagens.

Abri para o sr. Charmette a caixa de bombons que Madame Lola tinha dado pra gente, mas ele não tocou nela, pois tinha órgãos que lhe proibiam o açúcar. Finalmente ele desceu de volta para o segundo andar e sua visita não teve nenhuma utilidade, Madame Rosa via que as pessoas ficavam cada vez mais boazinhas com ela e isso nunca é bom sinal.

Madame Rosa agora tinha ausências mais e mais prolongadas e às vezes passava horas inteiras sem sentir nada. Eu pensava no cartaz que o sr. Reza, o sapateiro, colocava para dizer que, em caso de ausência, a pessoa devia se dirigir a outro, mas eu nunca soube a quem me dirigir, pois tem até aqueles que pegam o cólera em Meca. Eu me sentava no banquinho ao lado dela, pegava sua mão e esperava ela voltar.

    Madame Lola ajudava a gente como podia. Voltava do Bois de Boulogne completamente morta depois dos esforços que tinha feito em sua especialidade e às vezes dormia até as cinco da tarde. À noite, subia lá em casa para nos dar uma mãozinha. Ainda tínhamos pensionistas de tempos em tempos, mas não o suficiente para viver, e Madame Lola dizia que a profissão de puta ia se perdendo por causa da concorrência gratuita. As putas que não valem nada não são perseguidas pela polícia, que só ataca as que valem alguma coisa. Tivemos um caso de chantagem quando um *proxineta* que era um cafetão vulgar ameaçou denunciar um filho de puta à Assistência, com destituição materna por prostituição, se ela se recusasse a ir para Dakar, e ficamos dez dias com o pirralho — Jules era o nome dele, como tantos — e depois tudo entrou nos eixos, porque o sr. N'Da Amédée cuidou do assunto. Madame Lola fazia a faxina e ajudava Madame Rosa a se manter limpa. Não é bajulação, mas nunca conheci um senegalês que tivesse dado melhor mãe de família do que Madame Lola, é realmente uma pena que a natureza tenha se oposto a isso. Ele foi objeto de uma injustiça, e com isso pirralhos felizes se perdiam. Ela não tinha sequer o direito de adotar um, pois os *travestites* são superdiferentes e isso nunca te perdoam. Madame Lola às vezes sofria o diabo com isso.

Posso dizer a vocês que o prédio todo reagiu bem à notícia da morte de Madame Rosa, que ia se dar no momento oportuno, quando todos os seus órgãos iriam conjugar esforços nesse sentido. Tinha os quatro irmãos Zaoum, que eram transportadores e os homens mais fortes do bairro para pianos e armários, e eu olhava pra eles sempre com admiração, porque também queria ser quatro. Eles vieram nos dizer que podíamos contar com eles pra descer e subir Madame Rosa todas as vezes que ela tivesse vontade de dar uma voltinha lá fora. No domingo, que é um dia em que ninguém faz mudança, eles pegaram Madame Rosa, desceram ela feito um piano, instalaram no carro deles e fomos ao Marne para fazê-la respirar o ar bom. Ela estava no juízo perfeito nesse dia e até começou a fazer planos para o futuro, pois não queria ser enterrada religiosamente. No começo achei que aquela judia tinha medo de Deus e que esperava ser enterrada sem religião para assim escapar Dele. Não era nada disso. Ela não tinha medo de Deus, mas dizia que agora era tarde demais, o que está feito está feito e que Ele não precisava mais vir pedir perdão a ela. Acho que Madame Rosa, quando estava no juízo perfeito, queria morrer logo de uma vez e não como se ainda tivesse caminho para percorrer depois.

Na volta, os irmãos Zaoum fizeram ela dar um passeio nos Halles, na Rue Saint-Denis, na Rue de Fourcy, na Rue Blondel, na Rue de la Truanderie, e ela ficou emocionada, principalmente quando viu na Rue de Provence o hotelzinho de quando ela era moça e conseguia subir as escadas quarenta vezes por dia. Ela falou que sentia prazer em rever as calçadas e os cantos onde tinha se virado e que percebia que havia cumprido direito seu contrato. Ela sorria, e eu vi que aquilo tinha levantado o ânimo dela. Começou a falar dos bons velhos tempos, disse que foi a época mais feliz da sua vida. Quando ela parou aos cinquenta anos ainda tinha clientes regulares, mas achava que na sua idade não era mais estético e foi assim que tomou a decisão de se reconverter. Paramos na Rue Frochot para tomar um trago e Madame Rosa comeu um bolo. Depois voltamos pra casa e os irmãos Zaoum carregaram ela até o sexto andar como uma flor, e ela estava tão encantada com aquele passeio que parecia ter rejuvenescido alguns meses.

Em casa, encontramos o Moïse, que tinha vindo nos visitar, sentado em frente à porta. Eu disse olá pra ele e deixei ele com Madame Rosa, que estava em forma. Desci ao café lá embaixo no prédio para encontrar um amigo que tinha me prometido uma jaqueta de couro que vinha de um verdadeiro estoque americano e não era falsa, mas ele não estava lá. Fiquei um momento com o seu Hamil, que estava bem de saúde. Ele estava sentado sobre sua xícara de café vazia e sorria tranquilamente para a parede em frente.

— Tudo bem, seu Hamil?

— Bom dia, meu pequeno Victor, fico contente em ouvi-lo.

— Daqui a pouco vão descobrir óculos pra tudo, seu Hamil, e o senhor vai poder ver de novo.

— Devemos crer em Deus.

— Um dia vão existir óculos incríveis como nunca houve e poderemos ver de verdade, seu Hamil.

— Muito bem, meu pequeno Victor, glória a Deus, pois foi Ele que me permitiu viver tão velho.

— Seu Hamil, eu não me chamo Victor. Me chamo Mohammed, Victor é outro amigo que o senhor tem.

Ele pareceu espantado.

— Mas claro, meu pequeno Mohammed... *Tawa kkaltou'ala al Hayy elladri là iamoût...* Depositei minha fé no Vivo que não morre... Como foi que o chamei, meu pequeno Victor?

Ô merda.

— O senhor tinha me chamado de Victor.

— Como pude fazer isso? Peço-lhe perdão.

— Ah, isso não é nada, absolutamente nada, um nome é igual ao outro, não faz diferença. Como o senhor está passando desde ontem?

Ele pareceu preocupado. Eu via que fazia um esforço enorme para se lembrar, mas todos os seus dias eram exatamente iguais depois que ele parou de passar todos os seus dias vendendo tapetes de manhã à noite, então isso dava um branco atrás do outro na sua cabeça. Ele mantinha a mão direita sobre um pequeno Livro gasto no qual Victor Hugo escrevera e o Livro devia estar bastante acostumado a sentir aquela mão apoiada nele, como acontece muito com os cegos quando ajudamos eles a atravessar a rua.

— Desde ontem, você me pergunta?

— Ontem ou hoje, seu Hamil, não tem importância, é somente o tempo que passa.

— Muito bem, hoje fiquei o dia inteiro aqui, meu pequeno Victor...

Eu olhava o Livro, mas não tinha nada a dizer, fazia anos que eles estavam juntos.

— Um dia eu também vou escrever um livro de verdade, seu Hamil. Com tudo dentro. O que ele fez de melhor, o sr. Victor Hugo?

Seu Hamil olhava para bem longe e sorria. Sua mão se mexia sobre o Livro como se lhe fizesse uma carícia. Os dedos tremiam.

— Não me faça muitas perguntas, meu pequeno...

— Mohammed.

— ... Não me faça muitas perguntas, estou um pouco cansado hoje.

Peguei o Livro e o seu Hamil percebeu e ficou inquieto. Olhei o título e devolvi pra ele. Coloquei sua mão em cima.

— Pronto, seu Hamil, ele está aqui, pode senti-lo.

Eu via seus dedos tocando o Livro.

— Você não é uma criança como as outras, meu pequeno Victor. Eu sempre soube disso.

— Um dia, vou escrever os miseráveis também, seu Hamil. Tem alguém pra levar o senhor pra casa daqui a pouco?

— *Inch'Allah*. Certamente virá alguém, pois creio em Deus, meu pequeno Victor.

Eu estava um pouco cheio porque ele só dava pelota pro outro.

— Conte-me alguma coisa, seu Hamil. Conte como fez sua grande viagem a Nice quando tinha quinze anos.

Ele ficou quieto.

— Eu? Eu fiz uma grande viagem a Nice?

— Quando era bem moço.

— Não me lembro. Não lembro de nada.

— Pois bem, eu vou lhe contar. Nice é um oásis à beira-mar, com florestas de mimosas e palmeiras, e há príncipes russos e ingleses que duelam com flores. Há palhaços que dançam nas ruas e confetes que caem do céu e não esquecem ninguém. Um dia também irei a Nice quando eu for jovem.

— Como assim quando você for jovem? Você é velho? Quantos anos você tem, meu pequeno? Você é realmente o pequeno Mohammed, não é mesmo?

— Ah, ninguém faz ideia disso e minha idade também não. Não fui datado. Madame Rosa diz que eu nunca teria uma idade minha porque sou diferente, e que eu nunca faria outra coisa a não ser isso, ser diferente. O senhor se lembra da Madame Rosa? Ela vai morrer daqui a pouco.

Mas seu Hamil se perdera no interior porque a vida faz as pessoas viverem sem prestar muita atenção no que acontece com elas. No prédio em frente tinha uma dama, a sra. Halaoui, que vinha pegar ele antes do fechamento para botá-lo na cama, porque ela também não tinha ninguém. Não sei nem se eles se conheciam ou era para não ficarem sozinhos; ela tinha uma barraquinha de amendoim em Barbès e seu pai também, quando era vivo. Então eu disse:

— Seu Hamil, seu Hamil! — assim, para ele se lembrar que ainda existia alguém que o amava e que sabia seu nome e que ele tinha um.

Fiquei um bom momento com ele, deixando o tempo passar, aquele que vai lentamente e que não é francês. Seu Hamil tinha me falado muito que o tempo vem lentamente do deserto com suas caravanas de camelos e que não tinha pressa, pois transportava a eternidade. Mas é sempre mais bonito quando contamos que vemos ele no rosto de uma velha pessoa que é roubada todo dia um pouco mais e, se querem minha opinião, é do lado dos ladrões que devemos procurar o tempo.

O dono do café que vocês certamente conhecem, pois é o sr. Driss, veio dar uma espiada na gente. Seu Hamil às vezes precisava mijar e tínhamos que levá-lo ao WC antes que as coisas se precipitassem. Mas não devemos acreditar que o seu Hamil não era mais responsável e que não valia mais nada. Os velhos têm o mesmo valor que todo mundo, mesmo se eles diminuem. Eles sentem como você e eu e às vezes isso até faz eles sofrerem mais ainda do que nós porque eles não podem mais se defender. Mas eles são atacados pela natureza, que pode ser uma boa de uma sacana e os faz morrer em fogo brando. Na gente, é ainda pior do que na natureza, uma vez que é proibido abortar os velhos quando a natureza os sufoca lentamente, e eles ficam com os olhos saindo da cabeça. Não era o caso do seu Hamil, que ainda podia envelhecer muito e talvez morrer com cento e dez anos e até virar campeão do mundo. Ele ainda tinha toda a sua responsabilidade e dizia "pipi" quando precisava e antes que acontecesse, e o sr. Driss pegava ele pelo cotovelo nessas condições e o levava pessoalmente ao WC. Nos árabes, quando um homem é muito velho e vai ser dispensado em breve, nós lhe mostramos respeito, ele ganha pontos nas contas de Deus e não existem pequenos proventos. Mesmo assim era triste para o seu Hamil ser levado pra mijar, e eu deixei eles ali pois acho que não devemos procurar a tristeza.

Eu ainda estava na escada quando ouvi Moïse chorar e subi os degraus no galope, pensando que talvez tivesse acontecido alguma desgraça com Madame Rosa. Entrei e aí primeiro acreditei que era verdade. Até fechei os olhos para abrir melhor depois.

O passeio de carro de Madame Rosa por todos os cantos onde ela havia se virado tinha tido um efeito milagroso e todo o seu passado ressuscitou na sua cabeça. Ela estava nua em pelo no meio do cômodo, se vestindo para ir trabalhar, como quando ainda se virava. Bom, eu nunca vi nada na minha vida e não tenho muito o direito de dizer o que é e o que não é pavoroso mais do que qualquer outra coisa, mas juro a vocês que Madame Rosa nua em pelo, com bota de couro e calcinha preta rendada em volta do pescoço, porque ela tinha errado o lado, e dobrinhas muito além da imaginação, que estavam caídas na barriga, juro que é uma coisa que não se vê em lugar nenhum, mesmo que exista. Pior, Madame Rosa tentava rebolar como num sex shop, mas como nela a bunda ultrapassava as possibilidades humanas... *siyyd!* Acho que foi a primeira vez que murmurei uma oração, aquela para os *mahboûl*, mas ela continuou a se contorcer com um sorrisinho malicioso e uma boceta como não desejo pra ninguém.

Claro que eu entendia que nela aquilo era efeito do choque recapitulativo que ela tinha recebido vendo os lugares onde havia sido feliz, mas às vezes não adianta nada entender, muito ao contrário. Ela estava tão maquiada que parecia mais nua ainda nos outros lugares, e fazia biquinhos absolutamente nojentos com os beiços. Moïse berrava num canto, mas eu só falei "Madame Rosa, Madame Rosa", voei pra fora, desabalei pela escada e comecei a correr. Não era para fugir, isso não existe, era só para não estar mais lá.

Corri um bom pedaço e quando isso me aliviou, sentei no escuro perto de um portão, atrás das latas de lixo que esperavam sua vez. Não chorei, porque não valia mesmo a pena. Fechei os olhos, escondi o rosto nos joelhos de tanta vergonha, esperei um pouquinho e então um tira se aproximou. Era o tira mais forte que vocês podem imaginar. Era milhões de vezes mais inchado que todos os outros e tinha também mais forças armadas para fazer reinar a segurança. Tinha até tanques blindados à sua disposição e com ele eu não temia mais nada, pois ele ia garantir minha autodefesa. Eu sentia que podia ficar sossegado, que ele assumia a responsabilidade. Ele me colocou seu braço todo-poderoso em volta dos meus ombros paternalmente e perguntou se eu tinha ferimentos em consequência dos golpes recebidos. Eu disse que sim, mas que não adiantava nada ir para o hospital. Ele ficou um bom tempo com a mão no meu ombro, e eu sentia que ele ia cuidar de tudo e ser como um pai para mim. Eu me sentia melhor e começava a entender que a melhor coisa pra mim era ir viver lá onde isso não é verdade. Seu Hamil quando ainda estava conosco sempre me disse que eram os poetas que asseguravam o outro mundo e de repente eu sorri, lembrei que ele tinha me chamado de Victor, talvez fosse Deus que me prometesse. Depois vi passarinhos brancos e cor-de-rosa, todos infláveis e com um barbante na ponta para eu viajar com eles pra bem longe e dormi.

Dormi um tempão e depois fui ao café da esquina da Rue Bisson, onde estava muito escuro, por causa de três lares africanos que eles têm do lado. Na África, é completamente diferente, lá eles têm tribos e quando você faz parte de uma tribo é como se houvesse uma sociedade, uma grande família. Estava lá o sr. Aboua, de quem ainda não falei nada a vocês porque não posso dizer tudo, daí eu só mencioná-lo agora, ele não fala nem francês, e é preciso que alguém fale em seu lugar para guiá-lo. Fiquei lá um bom tempo com o sr. Aboua, que veio do Marfim. Estávamos de mãos dadas e nos divertimos juntos, eu tinha dez anos e ele vinte, era uma diferença que lhe dava prazer e a mim também. O patrão, o sr. Soko, falou para eu não ficar muito tempo, ele não queria problemas com a proteção de menores, e um pirralho de dez anos era capaz de lhe criar caso por causa dos drogados, pois é a primeira coisa que se pensa quando se vê um pirralho. Na França, os menores são muito protegidos, sendo colocados na prisão quando ninguém cuida deles.

O próprio sr. Soko tem filhos que ele deixou no Marfim, porque lá ele tem mais mulheres que aqui. Eu sabia muito bem que não tinha o direito de vadiar numa birosca de embriaguez pública sem meus pais, mas digo a vocês sinceramente que eu estava sem vontade nenhuma de voltar pra casa. O estado no qual eu tinha deixado Madame Rosa ainda me dava arrepios só de pensar. Já era terrível vê-la morrer aos pouquinhos sem conhecimento de causa, mas nua em pelo com um sorriso sacana, com seus noventa e cinco quilos à espera do cliente e uma bunda que não tem mais nada de humano, era alguma coisa que exigia leis para pôr fim aos sofrimentos dela. Vocês sabem, todo mundo fala em defender as leis da natureza, mas sou mais a favor de peças sobressalentes. De toda forma, não é possível subir na vida num botequim, e voltei para casa, me dizendo durante toda a escada que Madame Rosa talvez estivesse morta e que então não havia mais ninguém para sofrer.

Abri a porta devagarinho para não me dar medo, e a primeira coisa que vi foi Madame Rosa toda vestida no meio do cômodo ao lado de uma maleta. Parecia alguém na plataforma esperando o metrô. Olhei rápido para o seu rosto e vi que ela não estava nem aí. Parecia completamente distante de tão feliz. Seus olhos iam longe, longe, com um chapéu que não ficava bem pra ela porque isso não era possível, mas enfim escondia ela um pouco em cima. Ela estava até com um sorriso, como se lhe tivessem anunciado uma boa notícia. Usava um vestido azul com margaridas, tinha pegado sua bolsa de puta no fundo do armário, que ela guardava por razões sentimentais e que eu conhecia bem, ainda tinha uns capotes ingleses lá dentro, e ela olhava através das paredes como se já fosse pegar o trem para sempre.

— O que a senhora está fazendo, Madame Rosa?
— Eles vêm me pegar. Vão cuidar de tudo. Disseram para eu esperar aqui, eles vão vir com caminhões e nos levar ao velódromo com o estrito necessário.
— Eles quem?
— A polícia francesa.

Eu não estava entendendo nada. Moïse me fazia sinais do outro quarto, tocando na cabeça. Madame Rosa estava com sua bolsa de puta na mão, a mala ao seu lado, e ela esperava como se com medo de estar atrasada.

— Eles nos deram meia hora e disseram para pegarmos só uma mala. Vão nos colocar num trem e nos transportar para a Alemanha. Os problemas acabaram, eles vão cuidar de tudo. Disseram que não vão nos fazer nenhum mal, seremos alojados, alimentados e limpos.

Eu não sabia o que dizer. Podia ser que estivessem transportando novamente os judeus para a Alemanha, porque os árabes não os queriam por perto. Madame Rosa, quando estava em seu juízo perfeito, tinha me contado várias vezes como o sr. Hitler havia feito uma Israel judia na Alemanha para dar a eles um lar, e como todos foram recolhidos nesse lar, menos os dentes, os ossos, as roupas e os sapatos em bom estado, que tiravam deles por causa do desperdício. Mas eu não via por que os alemães iam ser sempre os únicos a cuidar dos judeus e por que ainda iam fazer lares para eles, quando isso deveria ser cada um na sua vez e com todos os povos fazendo sacrifícios. Madame Rosa gostava muito de me lembrar que ela também teve juventude. Bom, então eu sabia de tudo isso, uma vez que vivia com uma judia e que entre os judeus essas coisas terminam sempre se sabendo, mas não entendia por que a polícia francesa ia cuidar de Madame Rosa, que era feia e velha e não oferecia mais interesse sob nenhum aspecto. Eu também sabia que Madame Rosa recaía na infância por causa da sua perturbação, é a senilidade idiota que quer assim, o dr. Katz tinha me avisado. Ela devia acreditar que era jovem, como quando estava vestida de puta, e continuava ali, com sua maleta, feliz da vida porque tinha vinte anos outra vez, esperando a campainha tocar para ela voltar ao velódromo e ao lar judeu na Alemanha, ela era jovem de novo.

Eu não sabia o que fazer porque não queria contrariá-la, mas tinha certeza que a polícia francesa não viria devolver os vinte anos da Madame Rosa pra ela. Sentei no chão num canto e fiquei de cabeça baixa para não olhar pra ela, era tudo que eu podia fazer por ela. Por sorte, ela melhorou e foi a primeira espantada de se ver ali com sua mala, seu chapéu, seu vestido azul com margaridas e sua bolsa cheia de lembranças, mas achei preferível não contar o que tinha acontecido, dava pra ver que ela tinha esquecido tudo. Era a anistia e o dr. Katz tinha me avisado que ela ia ter isso cada vez mais, até o dia em que não se lembrasse de mais nada para sempre e talvez fosse viver longos anos ainda num estado de torpor.

— O que aconteceu, Momo? Por que estou aqui com a minha mala como se fosse viajar?

— A senhora sonhou, Madame Rosa. Um pouco de sonho não faz mal a ninguém.

Ela me olhou com desconfiança.

— Momo, você tem que me dizer a verdade.

— Eu juro pra senhora que estou dizendo a verdade, Madame Rosa. A senhora não tem o câncer. O dr. Katz está absolutamente certo a esse respeito. Pode ficar tranquila.

Ela pareceu um pouco mais segura, era uma boa coisa para não se ter.

— Como é possível eu estar aqui sem saber de onde nem por quê? O que é que eu tenho, Momo?

Ela tinha sentado na cama e começado a chorar. Levantei, fui me sentar ao seu lado e peguei sua mão, ela gostava disso. Ela sorriu na hora e arrumou um pouco o meu cabelo para eu ficar mais bonito.

— Madame Rosa, é apenas a vida, e podemos viver muito velhos com ela. O dr. Katz me disse que a senhora é uma pessoa da sua idade e ele até deu um número para isso.

— Terceira idade?

— Isso.

Ela refletiu um momento.

— Não compreendo, minha menopausa acabou há muito tempo. Inclusive trabalhei com ela. Não tenho um tumor no cérebro, Momo? Isso também não perdoa, quando é maligno.

— Ele não me disse que isso não perdoa. Ele não me falou dos bagulhos que perdoam ou que não perdoam, ele não me falou nada do perdão. Só disse que a senhora tem a idade e não me falou de anistia nem nada.

— Amnésia, você quer dizer?

Moïse, que não tinha nada que se meter ali, começou a chorar, e era só o que me faltava.

— O que está havendo, Moïse? Vocês estão mentindo pra mim? Estão escondendo alguma coisa? Por que ele está chorando?

— Merda, merda e merda, os judeus choram sempre entre eles, Madame Rosa, a senhora devia saber disso. Inclusive fizeram um muro pra eles só pra isso. Merda.

— Será que é esclerose cerebral?

Eu estava de saco cheio, juro pra vocês. Estava tão fatigado que minha vontade era ir encontrar o Mahoute e tomar uma picada maneira só pra mandar todo mundo à merda.

— Momo! Não é esclerose cerebral? Isso não perdoa.

— A senhora conhece muitas coisas que perdoam, Madame Rosa? A senhora está me enchendo o saco. Todos vocês estão me enchendo o saco, pelo túmulo da minha mãe!

— Não fale assim, sua pobre mãe é... enfim, talvez ela esteja viva.

— Eu não desejo isso a ela, Madame Rosa, afinal, mesmo se estiver viva não deixa de ser minha mãe.

Ela me olhou de um jeito esquisito e sorriu.

— Você amadureceu muito, meu pequeno Momo. Não é mais uma criança... Um dia...

Ela quis dizer alguma coisa e depois parou.

— Um dia o quê?

Ela fez cara de culpada.

— Um dia você terá catorze anos. Depois quinze. E não vai querer mais saber de mim.

— Não diga bobagem, Madame Rosa. Não vou largar a senhora, não faz o meu gênero.

Isso a acalmou e ela foi se trocar. Ela pôs seu quimono japonês e se perfumou atrás das orelhas. Não sei por que era sempre atrás das orelhas que ela se perfumava, talvez porque assim não se via. Depois ajudei ela a sentar na poltrona, porque ela tinha dificuldade para se dobrar. Ela estava ótima para o que tinha. Parecia triste e inquieta e, querem saber, eu estava contente de vê-la em seu estado normal. Ela até chorou um pouco, o que provava que tudo ia perfeitamente bem.

— Você é um menino grande agora, Momo, o que prova que entende as coisas.

Isso absolutamente não era verdade, não entendo nada das coisas, mas eu não ia barganhar, não era o momento.

— Você é um menino grande, então me escute...

Aí ela teve um pequeno vazio e ficou uns segundos enguiçada como um velho calhambeque morto por dentro. Esperei que ela desse novamente a partida segurando sua mão, pois de qualquer forma ela era um calhambeque velho. O dr. Katz me disse quando eu tinha ido visitá-lo três vezes que existia um americano que tinha ficado dezessete anos sem saber de nada, como um vegetal no hospital, onde o prolongavam vivo por meios médicos e era um recorde mundial. É sempre na América que tem os campeões do mundo. O dr. Katz me disse que não podíamos fazer mais nada por ela, mas que com bons cuidados no hospital ela podia aguentar uns anos ainda.

Pena que Madame Rosa não tinha a previdência social porque era clandestina. Depois da batida da polícia francesa, quando ela ainda era jovem e útil, como tive a honra, ela não quis mais aparecer em lugar nenhum. No entanto eu conheço um monte de judeus em Belleville que têm carteiras de identidade e todo tipo de papéis que denunciam eles, mas Madame Rosa não queria dormir no ponto, pois a partir do momento que sabem quem a gente é, temos certeza de ser criticados por isso. Madame Rosa não era nem um pouco patriota e para ela tanto fazia se as pessoas eram norte-africanas ou árabes, malinesas ou judias, porque ela não tinha princípios. Ela costumava dizer que todos os povos têm lados bons, e essa é a razão pela qual existem pessoas que chamamos de historiadores, que fazem especialmente estudos e pesquisas. Madame Rosa não aparecia então em lugar nenhum e tinha documentos falsos para provar que não tinha nenhuma relação com ela mesma. Ela não era reembolsada pela previdência.

Mas o dr. Katz me acalmou e disse que se levassem para o hospital um corpo ainda vivo mas já incapaz de se defender, não íamos poder jogá-lo fora porque aonde iríamos?

Eu pensava em tudo isso olhando para Madame Rosa

enquanto sua cabeça tinha ido dar um rolê. É o que chamam de senilidade idiota acelerada com idas e vindas primeiro, depois a título definitivo. Chamam de gagá para ficar mais simples, vem da palavra *gâteux*, *gâtisme*, que é médica. Eu acariciava sua mão para incentivá-la a voltar, e nunca gostei tanto dela porque ela era feia e velha e em breve não ia mais ser uma pessoa humana.

Eu não sabia mais o que fazer. Não tínhamos dinheiro e eu não tinha a idade necessária para escapar da lei contra os menores. Eu parecia maior que dez anos e sabia que agradava às putas que não têm ninguém, mas a polícia era cruel com os *proxinetas*, e eu tinha medo dos iugoslavos, que são terríveis com a concorrência.

Moïse tentou levantar meu moral dizendo que a família judia que o tinha recrutado lhe dava toda satisfação e que eu podia fazer uma forcinha para encontrar alguém também. Ele foi embora prometendo voltar todos dias pra me dar uma mãozinha. Era necessário limpar Madame Rosa, que não conseguia mais se virar sozinha. Mesmo quando estava em seu juízo perfeito ela tinha problemas desse lado. Eram tantas nádegas que sua mão não conseguia chegar no lugar certo. Isto incomodava muito ela, que a limpassem, por causa da sua feminilidade, mas o que vocês querem? Moïse voltou como prometeu e foi aí que tivemos essa catástrofe nacional que tive a honra e que me envelheceu de uma tacada só.

Era o dia seguinte ao dia em que o Zaoum mais velho tinha trazido um quilo de farinha, óleo e carne para fritar em bolinhos, pois uma porção de gente estava mostrando seu lado bom depois que Madame Rosa tinha se deteriorado. Marquei esse dia com uma pedra branca porque era uma bonita expressão.

Madame Rosa ia melhor em seus altos e baixos. Às vezes se fechava completamente e às vezes ficava aberta. Um dia, vou agradecer a todos os locatários que nos ajudaram, como o sr. Waloumba, que engolia fogo no boulevard Saint-Michel para interessar os passantes pelo seu caso, e que subiu para fazer um lindo número na frente de Madame Rosa na esperança de suscitar sua atenção.

O sr. Waloumba é um negro de Camarões que tinha vindo à França para fazer a vida. Havia deixado todas as suas mulheres e filhos no seu país por razões econômicas. Tinha um talento olímpico para engolir fogo e dedicava suas horas extras a essa tarefa. Era malvisto pela polícia porque solicitava aglomerações, mas possuía uma licença para engolir fogo que era incontestável. Quando eu via que Madame Rosa começava a ficar com o olho vazio, a boca aberta, babando no outro mundo, eu corria depressa para chamar o sr. Waloumba, que dividia um domicílio maneiro com outras oito pessoas da sua tribo num quarto que tinham concedido a eles no quinto andar. Se ele estivesse lá, subia na hora com sua tocha acesa e começava a cuspir fogo na frente de Madame Rosa. Não era só para interessar uma pessoa doente agravada pela tristeza, mas para dispensar a ela um tratamento de choque, pois o dr. Katz dizia que muitas pessoas melhoravam com esse tratamento no hospital, onde acendem bruscamente a eletricidade para elas com essa finalidade. O sr. Waloumba também era dessa opinião, dizia que as pessoas velhas com frequência recuperam a memória quando assustam elas, e ele inclusive tinha curado um surdo-mudo desse jeito na África. Os velhos muitas vezes caem numa tristeza ainda maior quando são colocados pra sempre no hospital, o dr. Katz diz que essa idade é impiedosa e que a partir dos sessenta e cinco, setenta anos ninguém mais se interessa por eles.

Então passamos horas e horas tentando botar muito medo em Madame Rosa para que o seu sangue desse uma volta. O sr. Waloumba é de dar medo quando engole fogo, e o fogo sai em chamas de dentro dele e sobe até o teto, mas Madame Rosa estava num dos seus períodos ocos que chamam de letargia, quando a gente se lixa pra tudo, e não havia jeito de impressioná-la. O sr. Waloumba vomitou chamas na frente dela por meia hora, mas ela ficava com o olho redondo e marcado pelo estupor, como se já fosse uma estátua que ninguém pode tocar e que fazemos de madeira ou de pedra de propósito pra isso. Ele tentou mais uma vez e, como fez força, Madame Rosa saiu de repente do seu estado e, vendo um negro sem camisa cuspindo fogo na frente dela, deu um berro tão grande que vocês não podem nem imaginar. Ela quis fugir e tivemos que impedi-la. Depois ela não quis saber de mais nada e proibiu que engolissem fogo na casa dela. Ela não sabia que estava gagá, achava que tinha tirado uma soneca e que a tinham acordado. Não podíamos dizer a ela.

Outra vez o sr. Waloumba foi procurar cinco colegas que eram todos seus tribunos e que vieram dançar em volta de Madame Rosa para tentar expulsar os maus espíritos que assim que têm um tempo livre atacam determinadas pessoas. Os irmãos do sr. Waloumba eram muito conhecidos em Belleville, onde vinham pegá-los para essa cerimônia quando havia doentes que podiam receber cuidados em domicílio. O sr. Driss no café desprezava o que chamava de "práticas", zombava e dizia que o sr. Waloumba e seus irmãos de tribo faziam medicina negra.

 O sr. Waloumba e os seus subiram até a nossa casa uma noite quando Madame Rosa não estava presente e se mantinha sentada com o olho redondo na sua poltrona. Eles estavam nus pela metade e decorados com várias cores, os rostos pintados com alguma coisa bem terrível para dar medo nos demônios que os trabalhadores africanos trazem com eles para a França. Dois deles se sentaram no chão com seus tambores e os outros três começaram a dançar ao redor de Madame Rosa em sua poltrona. O sr. Waloumba tocava um instrumento feito especialmente para esse propósito e, durante toda a noite, era realmente o que tinha de melhor para se ver em Belleville. Aquilo não deu em nada porque não funciona nos judeus, e o sr. Waloumba nos explicou que era uma questão de religião. Ele achava que a religião de Madame Rosa se defendia e a tornava imprópria para a cura. A mim isso não espantava muito porque Madame Rosa estava num tal estado que eu não via por onde a religião podia se infiltrar.

 Se querem minha opinião, a partir de certo momento os próprios judeus não são mais judeus de tanto que não são mais nada. Não sei se me faço entender, mas isso não tem importância, pois, se entendessem, seria certamente uma coisa ainda mais nojenta.

 Um pouco mais tarde, os irmãos do sr. Waloumba começaram a desanimar, porque Madame Rosa se lixava pra tudo em seu estado, e o sr. Waloumba me explicou que os maus espíritos obstruíam todas as suas saídas e os esforços não chegavam até ela. Sentamos todos no chão em volta da judia e saboreamos um momento de repouso, pois na África eles são muito mais numerosos do que em Belleville e podem se revezar por equipes em torno dos maus espíritos, como na Renault. O sr. Waloumba foi pegar águas-fortes e ovos de galinha e fizemos uma boquinha ao redor de Madame Rosa, que tinha um olhar como se o tivesse perdido e o procurasse em toda parte.

O sr. Waloumba, enquanto a gente se deliciava, nos explicou que no seu país era muito mais fácil respeitar os velhos e cuidar deles para adoçá-los do que numa grande cidade como Paris, onde há milhares de ruas, andares, buracos e lugares onde eles são esquecidos, e não se pode utilizar o Exército para procurá-los em todos os cantos onde eles ficavam, pois o Exército é para cuidar dos jovens. Se o Exército passasse o tempo cuidando dos velhos, não seria mais o Exército francês. Ele me disse que existem por assim dizer dezenas de milhares de ninhos de velhos nas cidades e no campo, mas não há ninguém para dar informações que permitiriam encontrá-los, e reina a ignorância. Um velho ou uma velha num grande e belo país como a França dá pena de ver, e as pessoas já têm bastante preocupação assim. Os velhos e as velhas não têm mais serventia e não são mais de utilidade pública, então deixam eles viver. Na África, eles ficam aglomerados em tribos onde os velhos são muito procurados, por causa de tudo que eles podem fazer por você quando estão mortos. Na França não existem tribos por causa do egoísmo. O sr. Waloumba diz que a França foi completamente destribalizada e que é por isso que há bandos armados que se dão as mãos e tentam fazer qualquer coisa. O sr. Waloumba diz que os jovens precisam de tribos, pois sem isso eles se tornam uma gota d'água no mar e isso deixa eles malucos. O sr. Waloumba diz que está ficando tudo tão grande que nem vale a pena contar antes de mil. Por isso é que os velhinhos e as velhinhas não podem formar bandos armados para existir, desaparecem sem deixar endereço e vivem em seus ninhos de poeira. Ninguém sabe que eles estão lá, ainda mais nos quartos de empregadas sem elevador, onde não podem sinalizar sua presença com gritos porque estão fracos demais. O sr. Waloumba diz que seria preciso chamar muita mão de obra estrangeira da África para procurar os velhos todas as manhãs às seis horas e retirar aqueles que já começam a cheirar mal, pois ninguém vem fiscalizar se o velho ou a velha ainda está vivo, e é só quando dizem à zeladora que está cheirando mal na escada que tudo se explica.

O sr. Waloumba fala muito bem e sempre como se fosse o chefe. Ele tem o rosto coberto de cicatrizes que são marcas de importância e fazem com que ele seja muito estimado em sua tribo e saiba do que está falando. Ele continua morando em Belleville e um dia irei visitá-lo.

Ele me mostrou um truque muito útil em Madame Rosa para distinguir uma pessoa ainda viva de uma pessoa completamente morta. Com essa finalidade, ele levantou, pegou um espelho na cômoda, apresentou-o aos lábios de Madame Rosa e o espelho ficou embaçado no lugar em que ela respirou em cima. Era o único jeito de ver que ela estava respirando, uma vez que seu peso era muito pesado para os seus pulmões levantarem. É um truque que permite distinguir os vivos dos outros. O sr. Waloumba diz que é a primeira coisa a ser feita todas as manhãs com as pessoas de uma outra idade que encontramos nos quartos de empregada sem elevador para ver se elas estão simplesmente às voltas com a senilidade ou se já estão cem por cento mortas. Se o espelho fica embaçado, é porque elas ainda respiram e não devemos descartá-las.

Perguntei ao sr. Waloumba se não podíamos expedir Madame Rosa para a África para a tribo dele, para que ela gozasse com os outros velhos de lá das vantagens em que eles são mantidos. O sr. Waloumba riu muito, pois ele tem dentes muito brancos, e seus irmãos da tribo dos lixeiros riram muito também, falaram entre eles na língua deles e depois me disseram que a vida não é tão simples, porque ela exige passagens de avião, dinheiro e licenças, e que cabia a mim cuidar de Madame Rosa até que a morte chegasse. Nesse momento, notamos no rosto de Madame Rosa um começo de inteligência e os irmãos de raça do sr. Waloumba se levantaram rápido e começaram a dançar em volta dela, batendo nos tambores e cantando com uma voz de acordar os mortos, o que é proibido fazer depois das dez, por causa da ordem pública e do sono dos justos, mas há muito poucos franceses no prédio e aqui eles são menos furiosos do que em outros lugares. O próprio sr. Waloumba pegou seu instrumento musical, que não posso descrever a vocês porque é especial, Moïse e eu também entramos na função e todos começamos a dançar e a berrar em roda em volta da judia para exorcizá-la, pois ela parecia dar sinais e era preciso animá-la. Botamos os demônios pra correr e Madame Rosa recuperou sua inteligência, mas quando se viu cercada de negros seminus com rostos verdes, brancos, azuis e amarelos dançando em volta dela e ululando como peles-vermelhas enquanto o sr. Waloumba tocava seu magnífico instrumento, ela teve tanto medo que começou a gritar socorro, socorro, e tentou fugir, e foi só quando reconheceu Moïse e a mim que se acalmou e nos xingou de filhos da puta e veados, o que provava que estava prontamente restabelecida. Todos nos demos parabéns, e ao sr. Waloumba em primeiro lugar. Todos ainda ficaram um pouco mais, sem cerimônia, e Madame Rosa viu claramente que não tinham vindo bater numa velha no metrô para lhe arrancar a bolsa. Ela ainda não estava muito boa da cabeça e agradeceu ao sr. Waloumba em judeu, que se chama iídiche nessa língua, mas isso não tinha importância, pois o sr. Waloumba era um bom homem.

    Quando eles foram embora, Moïse e eu despimos Madame Rosa da cabeça aos pés e lavamos ela com água sanitária porque ela tinha feito embaixo dela durante sua ausência. Depois polvilhamos sua bunda com talco de bebê e recolocamos ela no lugar na sua poltrona, onde ela gostava de reinar. Ela pediu um espelho e retocou sua beleza. Sabia muito bem que tinha brancos, mas tentava levar isso com o bom humor judaico, dizendo que durante seus brancos não tinha preocupações e que isso já era um lucro. Moïse fez o mercado com as nossas últimas economias e ela cozinhou um pouco sem errar nada, e nunca lhe teríamos dito que duas horas antes ela estava apalermada. É o que o dr. Katz chama em medicina de remissões de pena. Depois ela foi sentar, pois não era fácil para ela fazer esforços. Ela mandou Moïse ir lavar a louça na cozinha e se ventilou durante um momento com seu leque japonês. Refletia dentro do seu quimono.

— Vem cá, Momo.
— O que houve? A senhora vai debandar de novo?
— Não, espero que não, mas se isso continuar eles vão me pôr no hospital. Não quero ir pra lá. Tenho sessenta e sete anos...
— Sessenta e nove.
— Enfim, sessenta e oito, não sou tão velha quanto pareço. Então, escute, Momo. Não posso ir pro hospital. Eles vão me torturar.
— Madame Rosa, não diga bobagem. A França nunca torturou ninguém, aqui não é a Argélia.
— Eles vão me forçar a viver, Momo. É o que fazem sempre no hospital, eles têm leis para isso. Não quero viver mais do que o necessário, e não é mais necessário. Há um limite mesmo para os judeus. Eles vão me fazer sofrer sevícias para me impedir de morrer, eles têm um negócio chamado Ordem dos Médicos que é expressamente para isso. Eles fazem você babar até o fim e não querem lhe dar o direito de morrer, porque há quem se beneficie. Eu tinha um amigo que nem era judeu, que não tinha braços nem pernas por causa de um acidente, eles o fizeram sofrer ainda dez anos no hospital para estudar sua circulação. Momo, não quero viver só porque a medicina exige. Sei que estou perdendo o juízo e não quero

viver anos em coma para a glória da medicina. Então, se você ouvir rumores de Orléans dizendo que vão me botar no hospital, peça aos seus amigos para me darem a injeção certa e depois jogarem meus restos mortais no mato. Entre os arbustos, em qualquer lugar. Estive no mato após a guerra por dez dias e nunca respirei tanto. É melhor para a asma do que a cidade. Dei meu rabo para os clientes durante trinta e cinco anos, não vou agora dar para os médicos. Prometido?
— Prometido, Madame Rosa.
— *Khaïrem?*
— *Khaïrem.*
Isso pra eles quer dizer "Eu juro", como tive a honra.
Eu teria prometido qualquer coisa para Madame Rosa a fim de deixá-la feliz, porque mesmo quando se é muito velho a felicidade ainda pode servir, mas nesse momento tocaram a campainha e foi então que se produziu a catástrofe nacional que ainda não pude introduzir aqui e que me causou uma grande alegria, pois me permitiu envelhecer vários anos de uma tacada, fora o resto.

Tocaram a campainha, fui abrir a porta e estava ali um sujeitinho ainda mais triste que o normal, com um nariz comprido que descia e olhos como vemos em toda parte só que ainda mais assustados. Estava muito pálido e transpirava bastante, respirando depressa, com a mão no coração não por causa dos sentimentos, mas porque o coração é o que há de pior para os andares. Ele havia levantado a gola do sobretudo e não tinha cabelo como muitos carecas. Segurava seu chapéu na mão, como se para provar que possuía um. Eu não sabia de onde ele tinha saído, mas nunca tinha visto um sujeito tão pouco sereno. Ele olhou para mim com nervosismo e dei o troco, pois juro que bastava ver aquele sujeito uma vez para sentir que a coisa ia explodir e cair em cima de você de todos os lados e ia ser um pânico.

— Madame Rosa é aqui?

Convém sermos sempre prudentes nesses casos, porque pessoas que você não conhece não sobem seis andares só pra te fazerem um agrado. Eu me fiz de bobo, como tenho direito na minha idade.

— Quem?

— Madame Rosa.

Refleti. É sempre bom ganhar tempo nesses casos.

— Não sou eu.

Ele suspirou, pegou um lenço, enxugou a testa e depois repetiu a mesma coisa no outro sentido.

— Sou um homem doente — disse. — Estou saindo do

hospital, onde fiquei por onze anos. Subi seis andares sem autorização do médico. Vim aqui ver meu filho antes de morrer, é meu direito, há leis sobre isso, mesmo entre os selvagens. Quero me sentar um instante, descansar, ver meu filho, só isso. Não é aqui? Entreguei meu filho a Madame Rosa onze anos atrás, tenho um recibo.

Ele procurou no bolso do sobretudo e me deu uma folha de papel suja, completamente suja. Li o que pude graças ao seu Hamil, a quem devo tudo. Sem ele, eu não seria nada. *Recibo do sr. Kadir Youssef de quinhentos francos adiantados pelo pequeno Mohammed, estado muçulmano, sete de outubro de 1956.* Bom, levei um susto, mas estávamos em 1970, fiz rapidamente a conta, fazia catorze anos, não podia ser eu. Madame Rosa deve ter tido carradas de Mohammeds, isso é o que não falta em Belleville.

— Espere, vou ver.

Fui dizer a Madame Rosa que estava lá um sujeito de cara feia que vinha procurar se tinha um filho, e ela na hora sentiu um medo atroz.

— Meu Deus, Momo, mas só tem você e o Moïse.

— Então é o Moïse, que eu falei com ele, porque era ele ou eu, é a legítima defesa.

Moïse cochilava ali perto. Ele cochilava mais do que qualquer um de todos os caras que cochilam que eu já conheci.

— Talvez seja para extorquir a mãe — disse Madame Rosa. — Bom, vamos ver. Não são cafetões que vão me dar medo. Ele pode provar isso. Fiz documentos falsos em regra. Mostre pra ele. Se ele bancar o durão, vá chamar o sr. N'Da.

Fiz o sujeito entrar. Madame Rosa estava com rolinhos nos três cabelos que lhe restavam, estava maquiada, vestia seu quimono japonês vermelho e quando o sujeito bateu os olhos nela, ele sentou imediatamente na beirada de uma cadeira e seus joelhos tremiam. Eu vi bem que Madame Rosa também tremia, mas, por causa do seu peso, os tremores se viam menos nela, porque eles não tinham força para levantá-la. Mas ela tem olhos castanhos de uma cor muito bonita, quando não prestamos atenção no resto. O senhor estava sentado com seu chapéu no colo na beirada da cadeira, de frente para Madame Rosa, que reinava em sua poltrona enquanto eu ficava recostado na janela para que ele me visse menos, porque nunca se sabe. Eu não era nem um pouco parecido com ele, com aquele sujeito, mas eu tinha uma regra de ouro na vida, que é não convém correr riscos. Sobretudo quando ele se voltou para mim e me olhou com toda a atenção como se procurasse um nariz que ele tivesse perdido. Todos estavam calados porque ninguém queria começar, de tanto medo que sentíamos. Eu até fui procurar Moïse, pois aquele sujeito tinha um recibo dentro dos conformes e de toda forma precisava fornecê-lo.

— Então, o que o senhor deseja?

— Entreguei meu filho à senhora há onze anos, madame — disse o sujeito, e ele devia estar fazendo força para falar, pois não parava de recuperar o fôlego. — Não pude dar sinal de vida mais cedo, eu estava internado no hospital. Inclusive não tinha mais nem seu nome e endereço, me tiraram tudo quando me internaram. Seu recibo estava na casa do irmão da minha pobre mulher, que morreu tragicamente, como não deve ignorar. Permitiram que eu saísse hoje de manhã, achei o recibo e vim. Meu nome é Kadir Youssef e venho visitar meu filho Mohammed. Quero cumprimentá-lo.

Madame Rosa estava no seu juízo perfeito nesse dia e foi o que nos salvou.

Eu via claramente que ela estava pálida, mas era preciso conhecê-la, pois com a sua maquiagem a gente só via vermelho e azul. Ela colocou os óculos, o que sempre lhe caía melhor do que nada, e olhou o recibo.

— Como o senhor se chama mesmo?

O cara quase chorou.

— Madame, sou um homem doente.

— Quem não é, quem não é — replicou Madame Rosa compungidamente, ela mesma ergueu os olhos para o céu como que agradecendo.

— Madame, meu nome é Kadir Youssef, Youyou para os enfermeiros. Fiquei onze anos psiquiátrico, depois daquela tragédia nos jornais pela qual sou completamente irresponsável.

Lembrei de repente que Madame Rosa perguntava o tempo todo ao dr. Katz se eu não era doente psiquiátrico, eu também. Ou hereditário. Enfim, estava cagando, não era eu. Eu tinha dez anos, não catorze. Merda.

— E o seu filho, como se chamava?

— Mohammed.

Madame Rosa cravou os olhos nele de tal maneira que eu mesmo tive ainda mais medo.

— E o nome da mãe, o senhor se lembra?

Aí, achei que o sujeito ia morrer. Ele ficou verde, seu maxilar desceu, os joelhos tiveram sobressaltos, as lágrimas que estavam nos olhos dele saíram.

— Madame, a senhora sabe perfeitamente que eu fui dado como irresponsável. Fui reconhecido e certificado como tal. Se a minha mão agiu, não tenho nada a ver com isso. Não encontraram sífilis em mim, mas os enfermeiros falam que todos os árabes são sifilíticos. Fiz aquilo num momento de loucura, Deus tenha sua alma. Virei muito devoto. Rezo pela sua alma a cada hora que passa. Ela precisava disso na profissão que tinha. Agi numa crise de ciúme. Imagine, ela fazia até vinte programas por dia. Acabei me tornando ciumento e a matei, sei disso. Mas não sou responsável. Fui reconhecido pelos melhores médicos franceses. Inclusive eu não me lembrava de nada depois. Amava-a loucamente. Não podia viver sem ela.

Madame Rosa riu. Nunca a vi rir daquele jeito. Era alguma coisa… Não, não posso dizer a vocês isso. Aquilo me congelou a bunda.

— Claro que o senhor não podia viver sem ela, sr. Kadir. Fazia anos que Aïcha lhe rendia cem mil pratas por dia. O senhor a matou porque ela não lhe rendia mais.

O sujeito deu um gritinho, depois começou a chorar. Era a primeira vez que eu via um árabe chorar, fora eu. Tive até pena, de tal modo eu estava me lixando.

Madame Rosa amansou na hora. Deliciava-se cortando as asinhas daquele cara. Devia sentir que ainda era uma mulher, sério mesmo.

— E fora isso, tudo bem, sr. Kadir?

O sujeito se enxugou na mão. Não tinha nem mais força para pegar seu lenço, ficava muito longe.

— Tudo bem, Madame Rosa. Morrerei em breve. O coração.

— *Mazal tov* — disse Madame Rosa com bondade, o que significa meus parabéns em judeu.

— O senhor me deve três anos de pensão, sr. Kadir. Há onze anos não dá sinal de vida.

O sujeito deu um pulinho na cadeira.

— Sinal de vida, sinal de vida, sinal de vida! — ele cantou, erguendo os olhos para o céu, onde nos esperam a todos. — Sinal de vida!

Não se pode dizer que ele falava como essa palavra exige, e ele saltitava em sua cadeira a cada pronúncia, como se lhe chutassem as nádegas sem nenhuma estima.

— Sinal de vida, não, a senhora está querendo rir de mim!

— É a última coisa que eu quero — assegurou Madame Rosa. — O senhor largou seu filho como uma merda, literalmente!

— Mas eu não tinha nem o seu nome nem o seu endereço! O tio de Aïcha guardou o recibo no Brasil... Eu estava internado! Saí hoje de manhã! Fui na casa da sua garota em Kremlin-Bicêtre, morreram todos, exceto a mãe que herdou e se lembrava vagamente de alguma coisa! O recibo estava espetado no retrato de Aïcha com mãe e filho! Sinal de vida! O que isso quer dizer, sinal de vida?

— Dinheiro — disse Madame Rosa com bom senso.

— Onde a senhora quer que eu ache algum, madame?

— Não quero me intrometer nessas coisas — respondeu Madame Rosa, ventilando o rosto com seu leque japonês.

O sr. Kadir Youssef tinha o pomo de adão que era como um elevador rápido, de tanto ar que ele engolia.

— Madame, quando lhe entregamos nosso filho, eu estava em plena posse dos meus recursos. Eu tinha três mulheres que trabalhavam nos armazéns, uma das quais eu amava do fundo do meu coração. Eu podia me permitir dar uma boa educação ao meu filho. Tinha inclusive um nome social, Youssef Kadir, bem conhecido da polícia. Sim, Madame, *bem conhecido da polícia*, uma vez inclusive ele esteve com todas as letras no jornal. *Youssef Kadir, bem conhecido da polícia... Bem* conhecido, madame, não *mal* conhecido. Depois fui acometido de irresponsabilidade e cavei minha desgraça...

O sujeito chorava feito uma velha judia.

— Ninguém tem o direito de largar seu filho como uma merda sem pagar — disse Madame Rosa com severidade, e deu uma ventilada com seu leque japonês.

A única coisa que me interessava nisso tudo era saber se era de mim que se tratava como Mohammed ou não. Se era de mim, então eu não tinha dez, e sim catorze anos, o que era importante, pois, se eu tivesse catorze anos, era muito menos um pirralho, e é a melhor coisa que pode acontecer com você. Moïse, que estava de pé na porta e escutava também, não estava nem aí porque, se aquele fulano se chamava Kadir e Youssef, tinha pouca chance de ser judeu. Observem, não estou dizendo, em absoluto, que ser judeu é uma sorte, eles também têm seus problemas.

— Madame, não sei se a senhora está me falando nesse tom ou se é engano meu, porque imagino coisas devido ao meu estado psiquiátrico, mas fui isolado do mundo exterior por onze anos, então eu estava na impossibilidade material. Tenho um certificado médico que prova...

Ele começou a procurar nervosamente nos bolsos, era o tipo do cara que não tinha mais certeza de nada e que podia muito bem não ter o papel psiquiátrico que julgava ter, pois isso é justamente porque ele imaginava que o tinham internado. Os doentes psiquiátricos são pessoas a quem explicamos o tempo todo que eles não têm o que têm e não veem o que veem, então isso acaba os enlouquecendo. Aliás, ele encontrou um papel de verdade no bolso e quis entregá-lo a Madame Rosa.

— Pois fique sabendo que eu não quero documentos que provem coisas — disse Madame Rosa, fingindo cuspir contra o azar, como se faz.

— Agora estou muito bem — disse o sr. Youssef Kadir, e olhou para todos nós para se certificar de que era verdade.

— Espero que continue assim — disse Madame Rosa, pois não havia outra coisa a dizer.

Mas o sujeito não parecia estar nada bem, com seus olhos procurando socorro, são sempre os olhos que precisam mais dele.

— Não pude lhe enviar dinheiro porque fui declarado irresponsável pelo assassinato que cometi e fui internado. Acho que era o tio da minha pobre mulher que lhe enviava o dinheiro, antes de morrer. Sou uma vítima do destino. Tem razão em pensar que eu não teria cometido um crime se estivesse num estado inofensivo para os que me cercavam. Não posso devolver a vida a Aïcha, mas quero beijar meu filho antes de morrer e pedir a ele que me perdoe e que reze a Deus por mim.

O sujeito estava começando a me encher o saco com seus sentimentos paternais e suas exigências. Em primeiro lugar, ele não tinha toda a fuça que precisava ter pra ser meu pai, que devia ser um cara de verdade, de verdade, de verdade, não uma lesma. E depois, se minha mãe se virava nos Halles, e fazia isso inclusive muitíssimo bem, como ele mesmo dizia, ninguém poderia alegar que era meu pai, porra. Eu era de pai desconhecido autenticado, por causa da lei dos grandes números.

Fiquei contente de saber que minha mãe se chamava Aïcha. É o nome mais bonito que vocês podem imaginar.

— Eu fui muito bem cuidado — disse o sr. Youssef Kadir. — Não tenho mais surtos de violência, disso fiquei curado. Mas não tenho muito tempo pela frente, meu coração não aguenta as emoções. Os médicos me autorizaram a sair por uma questão de sentimento, madame. Quero ver meu filho, beijá-lo, pedir que me perdoe e...

Puta merda. Um verdadeiro disco.

Ele se virou pra mim e me olhou com um medo atroz por causa das emoções que aquilo ia lhe causar.

— É ele?

Mas Madame Rosa estava no seu juízo perfeito e até mais que isso. Ela se ventilou, olhando para o sr. Youssef Kadir como que saboreando com antecedência.

Ventilou-se mais uma vez em silêncio, depois se voltou para Moïse.

— Diga oi para o seu pai, Moïse.

— Oi, papai — disse Moïse, pois ele sabia muito bem que não era árabe e que não tinha nada para se envergonhar.

O sr. Youssef Kadir ficou ainda mais pálido do que o possível.

— Como assim? O que foi que eu ouvi? A senhora disse Moïse?

— Sim, eu disse Moïse, e daí?

O cara levantou. Levantou como se sob efeito de alguma coisa muito forte.

— Moïse é um nome judeu — afirmou. — Tenho certeza absoluta disso, madame. Moïse não é um bom nome muçulmano. Claro, existem alguns, mas não na minha família. Eu lhe entreguei um Mohammed, madame, não lhe entreguei um

Moïse. Não posso ter um filho judeu, madame, minha saúde não me permite isso.
　Moïse e eu nos olhamos, conseguimos não nos escangalhar. Madame Rosa pareceu espantada. Depois pareceu mais espantada ainda. Ventilou-se. Houve um imenso silêncio, onde acontecia todo tipo de coisa. O sujeito continuava em pé, mas tremendo dos pés à cabeça.
　— Tsc, tsc — fez Madame Rosa com a língua, balançando a cabeça. — Tem certeza?
　— Certeza de quê, madame? Não tenho certeza de absolutamente nada, não fomos colocados no mundo para ter certezas. Tenho o coração frágil. Digo somente uma coisinha que sei, uma coisinha minúscula, mas faço questão. Há onze anos eu lhe entreguei um filho muçulmano com três anos de idade, prenome Mohammed. A senhora me deu um recibo por um filho muçulmano, Mohammed Kadir. Sou muçulmano, meu filho era muçulmano. Sua mãe era muçulmana. Eu diria até mais: entreguei-lhe um filho árabe em boa e devida forma e quero que me devolva um filho árabe. Não quero absolutamente um filho judeu, madame. Não quero, ponto, é só. Minha saúde não me permite isso. Era um Mohammed Kadir, não um Moïse Kadir, madame, não quero enlouquecer de novo. Não tenho nada contra os judeus, madame, que Deus os perdoe. Mas sou árabe, um bom muçulmano, e tive um filho no mesmo estado. Mohammed, árabe, muçulmano. Entreguei-o num bom estado e assim o quero de volta. Peço licença para assinalar que não posso suportar emoções como esta. Fui objeto de perseguições a vida inteira, tenho documentos médicos que provam isso, que reconhecem para todos os fins úteis que sou um perseguido.
　— Tem mesmo certeza de que o senhor não é judeu? — perguntou Madame Rosa com esperança.
　O sr. Kadir Youssef teve alguns espasmos nervosos no rosto, como se fossem ondas.

— Madame, sou perseguido sem ser judeu. Vocês não detêm o monopólio. Está terminado o monopólio judeu, madame. Há outras pessoas que não os judeus que têm o direito de serem perseguidas também. Quero meu filho Mohammed Kadir no estado árabe em que o entreguei contra recibo. Não quero filho judeu sob nenhum pretexto, já tenho aborrecimentos suficientes do jeito que está.

— Está bem, não se agite, talvez haja um engano — acalmou-o Madame Rosa, pois ela via claramente que o sujeito estava sacudido por dentro e dava mesmo pena, quando pensamos em tudo o que árabes e judeus já sofreram juntos.

— Certamente há um engano, ah, meu Deus — disse o sr. Youssef Kadir, e teve de se sentar porque suas pernas assim exigiam.

— Momo, traga os papéis para mim — Madame Rosa me pediu.

Peguei a grande mala de família que estava debaixo da cama. Como eu já tinha revirado tudo à cata da minha mãe, ninguém conhecia o caos que estava lá dentro melhor do que eu. Madame Rosa colocava os filhos de putas que ela acolhia como internos em pedacinhos de papel onde era tudo incompreensível, porque em nós impera a discrição e as envolvidas podiam dormir sossegadas. Ninguém podia denunciá-las como mães por causa de prostituição com destituição paterna. Se houvesse um cafetão a fim de achacá-las com esse objetivo para enviá-las para Abidjan, não teria encontrado nenhum pirralho metido no meio, nem que tivesse feito estudos especiais.

Entreguei toda a papelada a Madame Rosa, ela molhou o dedo e começou a procurar através dos seus óculos.

— Pronto, achei — ela triunfou, colocando o dedo em cima. — Sete de outubro de 1956 e uns quebrados.

— Como assim, e uns quebrados? — choramingou o sr. Kadir Youssef.

— Foi pra arredondar. Recebi nesse dia dois meninos, um dos quais num estado muçulmano e outro num estado judeu...
Ela refletiu e seu rosto se iluminou de compreensão.
— Ah, bom, tudo se explica! — ela disse com prazer. — Devo ter me enganado de religião.
— Como assim? — indagou o sr. Youssef Kadir, vivamente interessado. — Como assim?
— Devo ter criado Mohammed como Moïse e Moïse como Mohammed — disse Madame Rosa. — Recebi os dois no mesmo dia e misturei. O pequeno Moïse, o certo, agora está numa boa família muçulmana em Marselha, onde é muito bem-visto. E o seu pequeno Mohammed aqui presente, criei-o como judeu. Bar mitsvá e tudo. Ele sempre comeu kasher, pode ficar tranquilo.
— Como, ele sempre comeu kasher? — trinou o sr. Kadir Youssef, que não tinha nem força para se levantar da cadeira, tal era a forma como estava desmoronado. — Meu filho Mohammed sempre comeu kasher? Ele fez o bar mitsvá? Meu filho Mohammed virou judeu?
— Cometi um erro idêntico — disse Madame Rosa. — A identidade, o senhor sabe, pode se enganar também, não é a toda prova. Um menino de três anos não tem muita identidade, mesmo quando circuncidado. Eu me enganei de circuncidado, criei seu pequeno Mohammed como um bom judeuzinho, pode ficar tranquilo. E quando alguém larga o filho onze anos sem vê-lo, não deve se espantar se ele se tornou judeu...
— Mas eu estava na impossibilidade clínica! — gemeu o sr. Kadir Youssef.
— Bom, ele era árabe, agora é um pouco judeu, mas continua sendo seu rebento! — disse Madame Rosa com um sorriso amistoso.
O sujeito se levantou. Teve a força da indignação e se levantou.
— Quero meu filho árabe! — berrou. — Não quero filho judeu!

— Mas uma vez que é o mesmo — tentou animá-lo Madame Rosa.

— Não é o mesmo! Ele foi batizado!

— Pfu, pfu, pfu — cuspiu Madame Rosa, que mesmo assim tinha limites. — Ele não foi batizado, que Deus nos proteja. Moïse é um bom judeuzinho. Não é verdade que você é um bom judeuzinho, Moïse?

— Sim, Madame Rosa — disse Moïse com prazer, pois não estava nem aí para aquele negócio de pai e mãe.

O sr. Youssef Kadir ficou em pé e olhava para nós com olhos nos quais havia horrores. Depois começou a bater com o pé, como se dançasse sem sair do lugar uma dancinha com o desespero.

— Quero que devolvam meu filho no estado em que ele se encontrava! Quero meu filho num bom estado árabe e não num mau estado judeu!

— Os estados árabes e os estados judeus não devem ser levados em conta aqui — disse Madame Rosa. — Se quiser seu filho, pegue-o no estado em que ele se encontra. Primeiro o senhor mata a mãe do pequeno, depois se declara com problema psiquiátrico, e aí faz um carnaval porque seu filho cresceu judeu, dentro da maior honestidade! Moïse, vai dar um beijo no seu pai mesmo que isso o mate, afinal de contas é seu pai!

— É inevitável — eu intervim, pois estava incrivelmente aliviado só de pensar que eu tinha quatro anos a mais.

Moïse deu um passo na direção do sr. Youssef Kadir e este disse uma coisa tremenda para um homem que não sabia que tinha razão.

— Este não é o meu filho! — gritou, fazendo drama.

Ele deu um passo em direção à porta e foi aí que houve independência de sua vontade. Em vez de sair como ele manifestava claramente a intenção, ele disse *ah!* e depois *oh!*, encostou uma das mãos no lado esquerdo ali onde botam o coração e caiu no chão como se não tivesse mais nada a dizer.

— Ué, o que ele tem? — perguntou Madame Rosa, se ventilando com seu leque do Japão, pois não havia outra coisa a fazer. — O que ele tem? Precisamos ver.

Não sabíamos se ele estava morto ou se era só por um instante, uma vez que ele não dava nenhum sinal. Esperamos, mas ele se recusava a se mexer. Madame Rosa pareceu nervosa, pois só o que nos faltava era a polícia, que nunca termina quando começa. Ela me disse pra correr depressa e fazer alguma coisa, mas eu via claramente que o sr. Kadir Youssef estava inteiramente morto, por causa da grande calma que se apodera do rosto das pessoas que não têm mais com que se afligir. Beliscuei o sr. Youssef Kadir aqui e ali e botei o espelho na frente da sua boca, mas ele não tinha mais problemas, Moïse naturalmente fugiu na mesma hora, pois era a favor da fuga, enquanto eu corri pra chamar os irmãos Zaoum para dizer a eles que tínhamos um morto e que precisávamos botar ele na escada para que não ficasse morto na nossa casa. Eles subiram e botaram ele no corredor do quarto andar, em frente à porta do sr. Charmette, que era francês autenticado e podia se permitir isso.

Em todo caso, desci de novo, sentei do lado do sr. Youssef Kadir morto e fiquei ali um momento, mesmo não podendo mais nada um pelo outro.

Ele tinha um nariz muito mais comprido que o meu, mas narizes sempre encompridam vivendo.

Procurei nos bolsos dele pra ver se não tinha nenhum suvenir, mas só tinha um maço de cigarros, os gauloises azuis. Ainda tinha um dentro e o fumei sentado ao lado dele, porque ele tinha fumado todos os outros e porque me dava alguma coisa fumar o que tinha sobrado.

Até chorei um pouco. Eu me deliciava como se eu tivesse perdido alguém meu. Então ouvi o serviço de emergência e subi a toda para não ter aborrecimento.

Madame Rosa ainda estava atarantada e me tranquilizou vê-la nesse estado e não no outro. Tivemos sorte. Às vezes, ela só tinha umas horas por dia e o sr. Kadir Youssef havia chegado no momento certo.

 Eu continuava completamente chapado só de pensar que acabava de ganhar quatro anos a mais de uma tacada só e não sabia que cara fazer, inclusive me olhei no espelho. Era o acontecimento mais importante da minha vida, o que chamam de revolução. Eu não sabia mais onde estava, como sempre quando não somos mais o mesmo. Eu sabia que não podia mais pensar como antes, mas no momento preferia simplesmente não pensar.

 — Ah, meu Deus — disse Madame Rosa, e tentamos não falar no que tinha acabado de acontecer para não criar ondas. Sentei no banquinho a seus pés, peguei a mão dela com gratidão, depois do que ela tinha feito para ficar comigo. Éramos tudo que tínhamos no mundo, e isso sempre era a salvação. Da minha parte, acho que quando vivemos com alguém muito feio acabamos gostando dele também porque é feio. Da minha parte, acho que os verdadeiros feiosos estão realmente na necessidade, e é aí que está a nossa sorte. Agora que me lembro, acho que Madame Rosa não era tão feia, tinha olhos castanhos bonitos como um cachorro judeu, mas não convinha pensar nela como mulher, porque aí ela evidentemente não podia sair ganhando.

 — Isso fez você sofrer, Momo?

— Não, Madame Rosa, estou contente de ter catorze anos.
— Melhor assim. Além do mais, um pai que teve problema psiquiátrico era só o que lhe faltava, porque às vezes é hereditário.
— É verdade, Madame Rosa, tirei a sorte grande.
— E depois, você sabe, Aïcha faturava muito nos negócios, impossível realmente saber quem é o pai nessa história. Ela teve você no movimento, nunca parou de trabalhar.

Depois eu desci e comprei um bolo de chocolate no sr. Driss, que ela comeu.

Ela continuou com seu juízo perfeito durante alguns dias, era o que o dr. Katz chamava de remissão de pena. Os irmãos Zaoum subiam o dr. Katz duas vezes por semana nas costas de um deles, ele não conseguia padecer os seis andares para constatar os estragos. Pois não devemos esquecer que Madame Rosa tinha outros órgãos sem ser a cabeça e era preciso vigiá-la em todas as partes. Eu não queria estar ali enquanto ele fazia a conta, descia para a rua e esperava.

Uma vez, o Negro deu uma passada por lá. Chamavam ele de o Negro por razões pouco conhecidas, talvez para distingui-lo dos outros negros do bairro, pois tem sempre um que paga pelos outros. Ele é o mais magro de todos, usa um chapéu-coco e tem quinze anos, dos quais pelo menos cinco sem ninguém. Ele teve pais que o deram a um tio que o tinha dado para a sua cunhada, que o tinha repassado para alguém que fazia o bem e terminou aí, ninguém sabia mais quem havia começado. Mas ele se pavoneava, falava que era rancoroso e que não queria se submeter à sociedade. O Negro era conhecido no bairro como entregador de encomendas porque custava menos caro do que uma comunicação telefônica. Fazia às vezes cem corridas por dia e tinha até um cafofo só dele. Ele viu claramente que eu não estava na minha forma olímpica e me convidou para jogar pebolim no bistrô da Rue Bisson, onde tinha um. Ele me perguntou o que é que eu ia fazer se Madame Rosa batesse as botas, e eu respondi que tinha outra pessoa em vista. Mas ele viu claramente que eu estava tirando onda. Contei que tinha acabado de ganhar quatro anos de uma tacada só e ele me deu os parabéns. Debatemos um pouco para saber como se defender quando se tinha catorze ou quinze anos sem ninguém. Ele conhecia endereços aonde podíamos ir, mas disse que tinha que gostar de rabo, senão era nojento. Ele nunca quis desse pão porque era uma profissão de rameira. Fumamos um cigarro juntos e jogamos pebolim, mas o Negro tinha suas corridas pra fazer e eu não sou do tipo grudento.

Quando subi, o dr. Katz continuava lá e tentava convencer Madame Rosa a ir para o hospital. Outras pessoas tinham subido, o sr. Zaoum mais velho, o sr. Waloumba, que não estava de serviço, e cinco dos seus amigos do lar, pois a morte dá importância a uma pessoa quando se aproxima e a gente a respeita mais. O dr. Katz mentia como um pescador para fazer reinar o bom humor, pois o moral também conta.

— Ah, eis o nosso pequeno Momo que vem saber notícias! Muito bem, as notícias são boas, continua não sendo câncer, isso eu posso garantir a todos, ha, ha!

Todo mundo sorria, principalmente o sr. Waloumba, que era um fino psicólogo, e Madame Rosa também estava contente, pois afinal tinha acertado alguma coisa na vida.

— Porém, como temos momentos difíceis, porque a nossa pobre cabeça às vezes fica privada de circulação, e como nossos rins e nosso coração não são mais o que já foram um dia, talvez seja preferível irmos passar um tempo no hospital, numa grande e bela sala onde tudo terminará se ajeitando!

Eu sentia um frio na espinha escutando o dr. Katz. Todo mundo no bairro sabia que não era possível ser abortado no hospital, mesmo quando se estava na tortura, e eles eram capazes de fazer você viver à força, enquanto você ainda tivesse pelanca e pudesse aguentar uma agulha. A medicina deve ter a última palavra e lutar até o fim para que a vontade de Deus seja feita. Madame Rosa tinha colocado seu vestido azul e seu xale bordado, que era de valor, e estava contente de despertar o interesse. O sr. Waloumba começou a tocar seu instrumento musical, pois era um momento doloroso, sabem como é, quando ninguém pode fazer nada por ninguém. Eu também sorria, mas por dentro minha vontade era morrer. Às vezes sinto que a vida não é isso, não é mesmo, acreditem na minha velha experiência. Depois eles saíram em fila indiana e em silêncio, pois há momentos em que não se tem mais nada pra dizer. O sr. Waloumba ainda tirou algumas notas que foram embora junto com ele.

Ficamos sozinhos os dois como não desejo a ninguém.

— Você ouviu, Momo? Agora é o hospital. E o que será de você?

Comecei a assobiar, era tudo que eu podia dizer.

Voltei-me para ela para fazer qualquer coisa no estilo Zorro, mas aí tive uma baita sorte porque justamente nesse instante a coisa bloqueou na cabeça dela e ela ficou longe dois dias e três noites sem se dar conta. Mas seu coração continuava a servir e ela estava por assim dizer viva.

Eu não ousava chamar o dr. Katz nem mesmo os vizinhos, tinha certeza de que dessa vez íamos nos separar. Fiquei sentado ao lado dela, na medida do possível, sem ir mijar ou fazer uma boquinha. Eu queria estar ali quando ela fosse voltar, para ser a primeira coisa que ela visse. Eu botava a mão no seu peito e sentia o coração, apesar de todos os quilos que nos separavam. O Negro apareceu, porque não me via mais em lugar nenhum, e examinou Madame Rosa longamente, fumando um cigarro. Depois remexeu no bolso e me entregou um número impresso. Estava marcado *Retirada gratuita objetos grandes tel. 278 78 78.*

Aí me deu um tapinha no ombro e foi embora.

No segundo dia, corri para chamar Madame Lola e ela subiu com uns discos pop de arrebentar os tímpanos, Madame Lola dizia que eles acordavam os mortos, mas aquilo não deu em nada. Era o vegetal que o dr. Katz tinha anunciado desde o começo, e Madame Lola ficou tão abalada ao ver sua amiga naquele estado que não foi ao Bois de Boulogne na primeira noite, apesar do prejuízo que amargava. Esse senegalês era uma verdadeira pessoa humana e um dia vou visitá-lo.

Tivemos que deixar a judia na poltrona dela. Nem Madame Lola, mesmo com seus anos de ringue, conseguiu levantá-la.

O mais triste com as pessoas que saem da cabeça é que não sabemos quanto a coisa vai durar. O dr. Katz tinha me dito que o recorde mundial era um americano que completou dezessete anos e uns quebrados, mas para isso é necessário cuidadores e instalações especiais que trabalham no gota a gota. Era terrível pensar que talvez Madame Rosa viesse a ser campeão do mundo, pois ela já estava cheia de tudo e a última coisa que a interessava era bater recordes.

Madame Lola era boazinha como não conheço muitas. Ela sempre quis ter filhos, mas já expliquei que ela não era equipada para isso, como muitos *travestites* que, desse viés, não se alinham às leis da natureza. Ela prometeu cuidar de mim, me pegou no colo, cantou cantigas de ninar para crianças do Senegal. Na França também tem, mas eu nunca tinha ouvido porque nunca fui bebê, sempre com outras preocupações na cabeça. Pedi desculpa, eu já tinha catorze anos e não era possível brincar de boneca comigo, ia ficar esquisito. Então ela foi embora se aprontar para o trabalho e o sr. Waloumba fez sua tribo montar guarda em volta de Madame Rosa, e eles até cozinharam um carneiro inteiro que comemos de piquenique sentados no chão em volta dela. Foi sinistro, tínhamos a impressão de estar na natureza.

Tentamos alimentar Madame Rosa mastigando primeiro a carne para ela, mas ela ficava com metade dos pedaços dentro da boca e metade fora, olhando tudo que ela não via com seus bons olhos judeus. Isso não tinha importância porque havia gordura suficiente nela para alimentar ela e toda a tribo do sr. Waloumba, mas isso está terminado nesta época, eles não comem mais os outros. No fim, como o bom humor reinava e eles beberam aguardente de palma, puseram-se a dançar e a fazer música em volta de Madame Rosa. Os vizinhos não reclamavam do barulho porque não são pessoas que reclamam e porque não tinha um com os documentos nos conformes. O sr. Waloumba fez Madame Rosa beber um pouco de aguardente de palma que compramos na Rue Bisson na loja do sr. Somgo com nozes-de-cola que também são indispensáveis, principalmente em caso de matrimônio. A aguardente de palma parecia ser boa para Madame Rosa porque ela sobe na cabeça e abre as vias de circulação, mas não deu em absolutamente nada, ela só ficou um pouco vermelha. O sr. Waloumba dizia que o mais importante era fazer muito tam-tam para afastar a morte que já devia estar ali e que, por motivos pessoais, tinha um medo atroz dos tam-tans. Tam-tans são pequenos tambores que batemos com as mãos, e isso durou a noite inteira.

No segundo dia eu tinha certeza de que Madame Rosa tinha partido para bater o recorde mundial e que não íamos poder evitar o hospital, onde eles iam fazer o melhor possível.

Saí e andei pelas ruas, pensando em Deus e em coisas do tipo, pois tinha vontade de sair mais ainda.

Fui primeiro na Rue de Ponthieu, naquela sala onde eles têm meios para recuar o mundo. Eu também tinha vontade de rever a garota loura e bonita que cheira fresco que já falei, acho, vocês sabem, que se chamava Nadine ou uma coisa assim. Talvez não fosse muito gentil para Madame Rosa, mas o que vocês querem? Eu estava num estado de falta tão grande que nem sentia os quatro anos a mais que tinha ganhado, era como se continuasse com dez, eu ainda não tinha a força do hábito.

Bom, vocês não vão acreditar em mim se eu disser que ela estava lá me esperando, naquela sala, não sou o tipo de cara que se espera. Mas ela estava lá e eu quase senti o gosto do sorvete de baunilha que ela tinha pagado pra mim.

Ela não me viu entrar, estava dizendo palavras de amor no microfone e taí uma coisa que dá trabalho. Na tela, havia uma boa mulher mexendo os lábios, mas era a outra, a minha que falava tudo no lugar dela. Era ela que lhe dava a voz. É técnico.

Posicionei-me num canto e esperei. Eu estava num estado de falta tão grande que se não tivesse quatro anos a mais teria chorado. Mesmo assim, eu era obrigado a me segurar. A luz se acendeu e a garota me notou. Não estava muito claro na sala, mas ela viu imediatamente que era eu e aí saiu tudo de uma vez e não consegui me segurar.

— Mohammed!

Ela correu para mim como se eu fosse alguém e passou o braço em volta do meu ombro. Os outros me olhavam porque é um nome árabe.

— Mohammed! O que houve? Por que está chorando? Mohammed!

Eu não gostava muito que ela me chamasse de Mohammed porque demora muito mais que Momo, mas de que adiantava.

— Mohammed! Fale comigo! O que foi?

Vocês acham que é fácil contar pra ela. Eu não tinha nem por onde começar. Engoli uma talagada.

— Não foi... não foi nada.

— Escute, acabei meu trabalho, vamos lá pra casa e você me conta tudo.

Ela correu para pegar sua capa e fomos no seu carro. Ela se voltava para mim de tempos em tempos para sorrir. Cheirava tão bem que era difícil acreditar. Ela via claramente que eu não estava na minha forma olímpica, estava até com soluço, não me dizia nada porque para quê?, só às vezes colocava a mão no meu rosto graças a um sinal vermelho, o que faz sempre bem nesses casos. Chegamos no endereço dela, na Rue Saint-Honoré, e ela entrou com o carro no pátio.

Subimos até a casa dela e lá tinha um cara que eu não conhecia. Um alto, de cabelo comprido e óculos que apertou minha mão e não disse nada, como se fosse natural. Era mais pra jovem e não devia ter duas ou três vezes mais do que eu. Olhei para ver se os dois pirralhos louros que eles já tinham não iam sair pra me dizer que não precisavam de mim, mas tinha só um cachorro, que também não era malvado.

Eles começaram a falar um com o outro em inglês, numa língua que eu não conhecia, e depois me serviram chá com sanduíches que estavam danados de bons e eu me regalei. Eles deixaram eu me empanturrar como se só houvesse isso para fazer, e depois o cara falou um pouco comigo para saber se eu estava melhor, e fiz um esforço para dizer alguma coisa, mas era tanto e tanto que eu não conseguia nem respirar direito e tinha o soluço e a asma, como Madame Rosa, porque isso é contagioso, a asma.

Fiquei mudo feito uma carpa à moda judaica durante meia hora com o soluço e ouvi o cara dizer que eu estava em estado de choque, o que me agradou porque isso parecia interessá--los. Aí levantei e disse que me via obrigado a voltar, uma vez que tinha uma velha pessoa em estado de falta que precisava de mim, mas a garota que se chamava Nadine foi à cozinha e voltou com um sorvete de baunilha que era a coisa mais bonita que já comi na porra da minha vida, digo como penso.

    Conversamos um pouco depois disso, porque eu estava bem. Quando expliquei a eles que a pessoa humana era uma velha judia em estado de falta que tinha partido para bater o recorde mundial em todas as categorias e o que o dr. Katz me explicou sobre os vegetais, eles pronunciaram palavras que eu já tinha ouvido, como senilidade e esclerose cerebral, e eu fiquei contente porque estava falando de Madame Rosa e isso sempre me dá prazer. Expliquei que Madame Rosa era uma ex-puta que tinha voltado como deportada para os lares judeus na Alemanha e que tinha aberto um *clandé* para filhos de putas que podem ser extorquidas com a destituição paternal por prostituição ilícita e que são obrigadas a esconder seus pirralhos, pois têm vizinhos que são canalhas e podem sempre denunciar você à Assistência Pública. Não sei por quê, mas eu via claramente que fazia efeito neles. Inclusive me entusiasmei e não conseguia mais parar, de tal forma eu tinha vontade de botar tudo pra fora, mas aí evidentemente isso não é possível porque não sou o sr. Victor Hugo, ainda não estou equipado para isso. Saía um pouco de todos os lados ao mesmo tempo porque eu começava sempre pelo fim do jogo, com Madame Rosa em estado de falta e meu pai que tinha matado minha mãe porque tinha problemas mentais, mas devo dizer que eu nunca soube onde isso começa e onde isso termina porque na minha opinião está apenas começando. Minha mãe se chamava Aïcha e se defendia com o rabo, e tinha até vinte transas por dia antes de ser morta numa crise de loucura, mas não era garantido que eu era hereditário, o sr. Kadir Youssef não podia jurar que ele era meu pai. O cara da sra. Nadine se chamava Ramon e disse que era um pouco médico e não acreditava muito na herança e que eu não devia contar com isso. Ele acendeu meu cigarro com seu isqueiro e me disse que os filhos de putas são na verdade melhor do que outra coisa porque podemos escolher o pai que queremos, não somos obrigados. Ele me disse que muitos acidentes de nascimento terminaram acabando bem e que deram em caras válidos. Eu disse tudo bem, quando estamos aqui estamos aqui, não é como na sala de projeção da sra. Nadine, onde é possível colocar tudo de marcha a ré e voltar pra dentro da sua mãe, mas o nojento nisso tudo é que não é permitido abortar as pessoas velhas como Madame Rosa que já estão aqui. Me fazia realmente bem falar com eles, porque parecia que tinha acontecido menos depois de botar pra fora. Esse cara que se chamava Ramon e que estava longe de ter cara de mau cuidava muito do seu cachimbo enquanto eu conversava, mas eu via claramente que era eu que o interessava. Eu só tinha medo que a garota Nadine nos deixasse sozinhos, já que sem ela não teria sido a mesma coisa como simpatia. Ela tinha um sorriso que era todo feito para mim. Quando contei a eles como eu tinha catorze anos de uma tacada só, quando tinha dez um dia antes, marquei um ponto, de tão interessados que ficaram. Eu não conseguia mais parar, de tal forma os interessava. Fiz tudo que pude para interessá-los mais ainda e para que eles sentissem que faziam um bom negócio comigo.

— Meu pai veio outro dia me retomar, ele tinha me internado na Madame Rosa antes de matar minha mãe e foi declarado doente mental. Tinha outras putas que trabalhavam pra ele, mas ele matou minha mãe porque era ela que ele preferia. Ele veio me reclamar quando deixaram ele sair, mas Madame Rosa não quis saber de nada, porque não é bom pra mim ter um pai psiquiátrico, pode ser hereditário. Então ela disse pra ele que o filho dele era o Moïse, que é judeu. Tem também Moïse entre os árabes, mas eles não são judeus. Só que, pensem só, o sr. Youssef Kadir era árabe e muçulmano e quando lhe entregaram um filho judeu ele fez uma desgraça e está morto...

O dr. Ramon também escutava, mas era sobretudo a sra. Nadine que me dava prazer.

— ... Madame Rosa é a mulher mais feia e mais sozinha que eu já vi em sua desgraça, felizmente estou aqui, porque ninguém ia querer aquilo. Não entendo por que há pessoas que têm tudo, que são feias, velhas, pobres e doentes e outras que não têm absolutamente nada. Não é justo. Tenho um amigo que é chefe de toda a polícia e que tem as forças de segurança mais fortes que existem, ele é o mais forte em qualquer lugar, é o maior tira que vocês podem imaginar. É tão forte como tira que poderia fazer qualquer coisa, ele é o rei. Quando andamos juntos na rua, ele coloca o braço em volta dos meus ombros para mostrar que é como meu pai. Quando eu era pequeno tinha às vezes uma leoa que vinha de noite me lamber o rosto, eu ainda tinha dez anos e imaginava coisas, e na escola eles disseram que eu era perturbado porque não sabiam que eu tinha quatro anos a mais, eu ainda não era datado, foi bem antes do sr. Youssef Kadir vir se declarar meu pai com um recibo de prova. Foi seu Hamil, o vendedor de tapetes conhecido de todos, que me ensinou tudo que eu sei e agora ele está cego. Seu Hamil tem um Livro do sr. Victor Hugo sobre ele, e quando eu for grande também escreverei os miseráveis porque é o que a gente escreve sempre quando tem alguma coisa para dizer. Madame Rosa tinha medo de uma crise de violência de minha parte e que eu lhe cortasse a garganta porque tinha medo que eu fosse hereditário. Mas não existe um filho de puta que possa dizer quem é seu pai, e eu nunca matarei ninguém, não fui feito pra isso. Quando eu for grande terei todas as forças de segurança à minha disposição e nunca terei medo. Pena que a gente não pode fazer tudo pelo avesso como na sua sala de projeção, para fazer o mundo recuar e para que Madame Rosa fosse jovem e bonita e desse prazer aos olhos. Às vezes penso em partir com um circo em que tenho amigos que são palhaços, mas não posso fazer isso e mandar todo mundo à merda enquanto a judia estiver aqui porque sou obrigado a cuidar dela...

Eu me entusiasmava cada vez mais e não conseguia mais parar de falar porque tinha medo de que se parasse eles não fossem mais me escutar. O dr. Ramon, pois era ele, tinha um rosto com óculos e olhos que olham pra você, e teve um momento em que ele até levantou e pôs o gravador para me escutar melhor, e eu me senti ainda mais importante, não dava nem pra acreditar. Ele tinha um monte de cabelo na cabeça. Era a primeira vez que eu era digno de interesse, que me colocavam inclusive no gravador. Eu nunca soube o que é preciso fazer para ser digno de interesse, matar alguém com reféns ou sei lá eu. É uma desgraceira, juro pra vocês, existe uma tamanha quantidade de falta de atenção no mundo que somos obrigados a escolher como no caso das férias, quando não se pode ir ao mesmo tempo para a montanha e para o mar. Somos obrigados a escolher o que nos agrada mais como falta de atenção no mundo, e as pessoas pegam sempre o que há de melhor no gênero e o mais caramente pago como os nazistas que custaram milhões ou o Vietnã. Então uma velha judia do sexto andar sem elevador que já sofreu demais no passado para que ainda se interessem por ela, não é com isso que entramos na primeira série, ah não, peralá. As pessoas precisam de milhões e milhões pra se sentirem interessadas e não podemos querer mal a elas por isso, pois quanto menor, menos importante a gente é...

Eu afundava na minha poltrona e falava como um rei, e o mais irado é que eles me escutavam como se nunca tivessem escutado nada igual. Mas era principalmente o dr. Ramon que me fazia falar, porque a garota eu tinha a impressão de que não queria ouvir, às vezes ela até fazia um gesto como se fosse para tapar os ouvidos. Isso me irritava um pouco porque, bolas, somos obrigados a viver.

    O dr. Ramon me perguntou o que eu queria dizer quando falava em estado de falta, e eu respondi que é quando a gente não tem nada nem ninguém. Depois ele quis saber como a gente fazia pra viver depois que as putas não tinham vindo mais internar os pirralhos, mas aí eu fiquei bem tranquilo e disse que o rabo é o que tem de mais sagrado no homem, Madame Rosa tinha me explicado quando eu não sabia nem pra que isso servia. Eu não me virava com meu rabo, ele podia ficar tranquilo. Tínhamos inclusive uma amiga, Madame Lola, que se virava no Bois de Boulogne como *travestite* e que nos ajudava muito. Se todo mundo fosse igual a ela, o mundo seria absurdamente diferente e haveria muito menos tristezas. Ela tinha sido campeão de boxe no Senegal antes de virar *travestite* e ganhava o bastante para criar uma família, se não tivesse a natureza contra ela.

    Da maneira como eles me escutavam eu via claramente que eles não tinham o hábito de viver, e contei como eu fazia um bico como *proxineta* na Rue Blanche para ganhar uns trocados. Ainda tento proxeneta e não *proxineta*, como eu fazia quando era pirralho, mas adquiri o hábito. Às vezes o dr. Ramon dizia à sua amiga alguma coisa de política, mas eu não entendia muito bem porque política não é para jovens.

    Não sei o que deixei de falar, e minha vontade era continuar e continuar, de tanto que faltavam coisas que eu tinha vontade de botar pra fora. Mas eu estava chapado de sono e começava até a ver o palhaço azul, que me fazia sinais como costuma fazer quando sinto vontade de dormir, e eu tinha medo de que eles o vissem também e começassem a pensar que eu era tarado ou alguma coisa assim. Eu não conseguia mais falar e eles viram claramente que eu estava esgotado e me disseram que eu podia ficar e dormir na casa deles. Mas expliquei que precisava cuidar de Madame Rosa, que ia morrer em breve. Eles ainda me deram um papel com o nome deles e o endereço, e a garota Nadine disse que ia me levar de carro e que o doutor iria conosco para dar uma espiada em Madame Rosa, para ver se tinha alguma coisa que ele podia fazer. Eu não via o que ainda podiam fazer por Madame Rosa depois de tudo que já foi feito com ela, mas eu concordava no lance de voltar de carro. Só que aconteceu um troço incrível.

Estávamos saindo quando alguém tocou a campainha cinco vezes seguidas, e quando a sra. Nadine abriu a porta vi os dois pirralhos que eu já conhecia e que ali estavam na casa deles, não havia nada a dizer. Eram os pirralhos dela que voltavam da escola ou coisa assim. Eram louros e estavam vestidos como a gente pensa sonhar, com roupas de luxo, o tipo de beca que não dá pra roubar porque não fica na banca do lado de fora, mas dentro, e é preciso passar pelas vendedoras pra chegar lá. Eles me olharam imediatamente como se eu fosse um cocô. Eu estava malvestido como um pobre-diabo, senti isso no ato. Eu estava com um boné que levantava sempre atrás porque tenho muito cabelo e uma capa que batia nos tornozelos. Quando a gente afana uns trapos, não tem tempo de medir se está grande demais ou pequeno demais, estamos com pressa. Bom, eles não falaram nada, mas a gente não era do mesmo bairro.

Eu nunca tinha visto pirralhos tão louros como aqueles dois. E juro que eles não tinham muito uso, estavam novinhos. Eram realmente qualquer nota.

— Venham até aqui, quero apresentar a vocês o nosso amigo Mohammed — disse a mãe deles.

Ela não precisava ter dito Mohammed, deveria ter dito Momo. Mohammed, isso é árabe demais na França, e eu, quando me dizem isso, fico zangado. Não tenho vergonha de ser árabe, ao contrário, mas Mohammed na França é varredor ou mão de obra. Não quer dizer a mesma coisa que argelino. E depois Mohammed parece babaca. É como se dissessem Jesus Cristo na França, faz todo mundo rir.

Os dois pirralhos me olharam imediatamente. O menor, o que devia ter seis, sete anos, porque o outro devia estar nos dez, olhou pra mim como se nunca tivesse visto aquilo e disse:

— Por que ele está vestido assim?

Eu não estava ali pra ser insultado. Eu sabia muito bem que não estava na minha casa. Nesse momento, o outro olhou pra mim mais ainda e perguntou:

— Você é árabe?

Porra, não me deixo ser tratado de árabe por ninguém. E depois, sério, não vale a pena insistir, eu não estava com inveja, mas o lugar não era pra mim e, além do mais, já estava ocupado, eu não tinha nada a dizer. Eu tive um troço na garganta que engoli e aí corri pra rua e chispei.

Não éramos do mesmo bairro, fala sério.

Parei em frente a um cinema, mas era um filme proibido para menores. É até engraçado quando pensamos nas coisas que são proibidas para menores e em todas as outras a que temos direito.

A bilheteira me viu olhando as fotos na fachada e gritou para eu correr para proteger a juventude. Idiota. Eu já estava por aqui de ser proibido aos menores, abri minha braguilha, mostrei meu pinto e zarpei, porque não era hora pra brincadeira.

Passei em Montmartre, por um monte de sex shops, mas elas também são protegidas e depois não preciso de coisas pra me masturbar quando tenho vontade. Sex shops são para velhos que não conseguem mais se masturbar sozinhos.

No dia em que minha mãe foi abortada, foi um genocídio. Madame Rosa falava essa palavra o tempo todo, tinha educação e tinha ido à escola.

A vida não é uma coisa para todo mundo.

Não parei mais em nenhum lugar antes de voltar, só tinha uma vontade, era sentar ao lado de Madame Rosa porque ela e eu, pelo menos, somos a mesma merda.

Quando cheguei, vi uma ambulância na frente do prédio e achei que estava tudo fodido e que eu não tinha mais ninguém, mas não era para Madame Rosa, era para alguém que já estava morto. Senti um alívio tão grande que teria caído no choro se não tivesse quatro anos a mais. Eu já tinha acreditado que não me restava nada. É o corpo do sr. Bouaffa. O sr. Bouaffa, vocês sabem, aquele que não falei porque não tinha nada a dizer, era alguém que a gente via pouco. Ele teve um piripaque no coração e o sr. Zaoum mais velho, que estava na rua, me disse que ninguém tinha notado que ele estava morto, ele nunca recebia correspondência. Nunca fiquei tão contente de ver ele morto, não digo isso contra ele, claro, digo por Madame Rosa, isso era de menos pra ela.

Subi voando, a porta estava aberta, os amigos do sr. Waloumba tinham ido embora mas tinham deixado a luz para que Madame Rosa fosse vista. Ela se espalhara em sua poltrona e vocês podem imaginar o prazer que tive quando vi que ela tinha lágrimas que escorriam porque isso provava que estava viva. Ela inclusive se sacudia um pouco de dentro como nas pessoas que soluçam.

— Momo... Momo... Momo... — era tudo que ela tinha meios para dizer, mas isso me bastou.

Corri para beijá-la. Ela não cheirava bem porque tinha cagado e mijado embaixo dela por razões de estado. Beijei-a mais ainda porque não queria que ela imaginasse que me dava nojo.

— Momo... Momo...

— Sim, Madame Rosa, sou eu, pode contar com isso.

— Momo... Eu ouvi... Eles chamaram uma ambulância... Eles estão vindo...

— Não é para a senhora, Madame Rosa, é para o sr. Bouaffa, que já está morto.

— Estou com medo...

— Eu sei, Madame Rosa, isso prova que está vivinha.

— A ambulância...

Ela tinha dificuldade para falar porque as palavras precisam de músculos para sair e nela os músculos estavam todos danificados.

— Não é para a senhora. A senhora, eles nem sabem que a senhora está aqui, juro pelo Profeta. *Khaïrem*.

— Eles estão vindo, Momo...

— Ainda não, Madame Rosa. Ninguém a denunciou. A senhora está vivinha, inclusive cagou e mijou por baixo, só os vivos fazem isso.

Ela pareceu um pouco sossegada. Eu olhava seus olhos, para não ver o resto. Vocês não vão acreditar em mim, mas ela tinha olhos que eram uma beleza, aquela velha judia. Igual aos tapetes do seu Hamil, quando ele dizia: "Tenho tapetes que são uma beleza". Seu Hamil acredita que não há nada mais bonito no mundo que um bonito tapete e que até mesmo Alá sentou em cima de um. Se querem minha opinião, Alá sentou em cima de uma porção de bagulho.

— É verdade, está fedendo.

— Isso prova que o interior ainda está funcionando.

— *Inch'Allah* — disse Madame Rosa. — Vou morrer daqui a pouco.

— *Inch'Allah*, Madame Rosa.

— Estou contente de morrer, Momo.

— Todos nós estamos contentes pela senhora, Madame Rosa. A senhora só tem amigos aqui. Todo mundo lhe quer bem.

— Mas não deve deixar que me levem para o hospital, Momo. Sob nenhum pretexto, de jeito nenhum.

— Pode ficar tranquila, Madame Rosa.

— Eles vão me fazer viver à força no hospital, Momo. Eles têm leis para isso. São verdadeiras leis de Nuremberg. Você não sabe o que é isso, é muito jovem.

— Eu nunca fui muito jovem para nada, Madame Rosa.

— O dr. Katz vai me denunciar ao hospital e eles vêm me buscar.

Não falei nada. Se os judeus começassem a se denunciar entre eles, não seria eu que ia me intrometer. Estou cagando pros judeus, são pessoas como todo mundo.

— Eles vão me fazer abortar no hospital.

Eu continuava sem falar nada. Segurava sua mão. Assim, pelo menos, eu não mentia.

— Quanto tempo eles fizeram sofrer aquele campeão do mundo na América, Momo? Estou fazendo papel de boba.

— Que campeão?

— Na América. Eu ouvi, você falou isso com o sr. Waloumba. Merda.

— Madame Rosa, na América eles têm todos os recordes mundiais, são grandes atletas. Na França, na Olimpíada de Marselha, só tem estrangeiro. Tem até brasileiros e o diabo. Eles não vão pegar a senhora. Quer dizer, para o hospital.

— Você jura...

— Para o hospital, enquanto eu estiver aqui, nem a pau, Madame Rosa.

Ela quase sorriu. Cá entre nós, quando ela sorri, isso não a faz mais bonita, ao contrário, porque destaca mais ainda todo o resto em volta. São sobretudo os cabelos que lhe faltam. Ela continuava com trinta e dois cabelos na cabeça, como da última vez.

— Por que a senhora mentiu para mim, Madame Rosa?

Ela pareceu sinceramente espantada.

— Eu? Menti para você?

— Por que me disse que eu tinha dez anos quando eu tinha catorze?

Vocês não vão acreditar, mas ela ruborizou um pouco.

— Eu fiquei com medo que você me deixasse, Momo, então diminuí você. Você sempre foi meu homenzinho. Eu nunca amei outro de verdade. Então contei os anos e tive medo. Eu não queria que você crescesse muito rápido. Desculpe.

Corri para beijá-la, mantive sua mão dentro da minha e passei um braço em volta dos seus ombros, como se ela fosse uma mulher. Depois Madame Lola chegou com o mais velho dos Zaoum e nós a levantamos, despimos, a estendemos no chão e lavamos. Madame Lola despejou perfume nela em todas as partes, colocamos sua peruca e seu quimono e deitamos ela na sua cama limpinha, e isso dava gosto de ver.

Mas Madame Rosa só piorava, e nem posso dizer a vocês como é injusto quando estamos vivos unicamente porque sofremos. O organismo dela não valia mais nada, e quando não era uma coisa era outra. É sempre o velho sem defesa que atacam, é mais fácil, e Madame Rosa era vítima dessa criminalidade. Todos os seus pedaços estavam ruins, o coração, o fígado, o rim, o brônquio, não tinha um que fosse de boa qualidade. Só havia agora ela e eu dentro da casa e, do lado de fora, a não ser Madame Lola, ninguém. Todas as manhãs eu fazia Madame Rosa andar um pouco para revigorá-la, e ela ia da porta até a janela e voltava, apoiada no meu ombro, para não enferrujar completamente. Para sua caminhada eu botava um disco judeu que ela adorava e que era menos triste do que sempre. Os judeus sempre têm um disco triste, não sei por quê. É o folclore deles que dita isso. Madame Rosa costumava dizer que todas as suas desgraças vinham dos judeus e que se ela não tivesse sido judia não teria tido um décimo das tribulações que tinha tido.

    O sr. Charmette havia mandado entregar uma coroa fúnebre, pois não sabia que era o sr. Bouaffa que estava morto, achava que era Madame Rosa, como todo mundo desejava para seu bem, e Madame Rosa estava contente porque isso lhe dava esperança, além de ser a primeira vez que alguém lhe mandava flores. Os irmãos de tribo do sr. Waloumba trouxeram bananas, galinhas, mangas e arroz, como é hábito entre eles quando há um acontecimento feliz na família. Todos nós fazíamos Madame Rosa acreditar que dali a pouco estava terminado, e ela tinha menos medo. Teve também o padre André que lhe fez uma visita, o cura católico dos lares africanos em torno da Rue Bisson, mas ele não tinha vindo fazer o padre, simplesmente tinha vindo. Ele não assediou Madame Rosa, ficou muito correto. Nós também não lhe dissemos nada, porque Deus, vocês sabem como é com Ele. Ele faz o que Ele quer porque Ele tem a força com Ele.

O padre André morreu depois de um deslocamento do coração, mas acho que não era pessoal, foram os outros que fizeram isso com ele. Não mencionei ele antes porque não éramos muito da alçada dele, Madame Rosa e eu. Ele tinha sido enviado a Belleville como necessário para cuidar dos trabalhadores católicos africanos, e nem eu nem ela éramos isso. Ele era muito doce e tinha sempre um ar um pouco culpado, como se soubesse que tinha censuras a se fazer. Digo isso resumidamente porque era um bom homem, e quando morreu me deixou uma boa recordação.

Como o padre André parecia que ia dar um tempo ali, desci pra rua atrás de notícias, por causa de uma história suja que tinha acontecido. Os caras todos chamam a heroína de "merda", e teve um pirralho de oito anos que tinha ouvido que os caras se aplicavam picadas de merda e que era bárbaro, e ele cagou num jornal e se enfiou uma picada de merda de verdade, achando que era a certa, e morreu disso. Tinham até enquadrado o Mahoute mais dois gigolôs porque eles tinham instruído errado, mas na minha opinião acho que eles não eram obrigados a ensinar um pirralho de oito anos a se picar.

Quando subi de novo, encontrei, junto com o padre André, o rabino da Rue des Chaumes, ao lado da mercearia kasher do sr. Rubin, que sem dúvida ficou sabendo que tinha um cura rondando Madame Rosa e ficou com medo que ela tivesse uma morte cristã. Ele nunca tinha botado os pés lá em casa, já que conhecia Madame Rosa desde que ela era puta. O padre André e o rabino que tinha outro nome, mas não me lembro qual, não queriam dar sinal de partida e foram ficando ali em duas cadeiras ao lado da cama com Madame Rosa. Falaram até da guerra do Vietnã, porque era um terreno neutro.

Madame Rosa passou uma noite boa, mas eu não consegui dormir e fiquei de olhos abertos no escuro pensando em alguma coisa de diferente que eu não fazia ideia do que podia ser. Na manhã seguinte, o dr. Katz veio fazer um exame de rotina em Madame Rosa e, dessa vez, quando fomos para a escada, senti imediatamente que a tragédia ia bater à nossa porta.

— Temos que transportá-la para o hospital. Ela não pode ficar aqui. Vou chamar a ambulância.

— O que farão com ela no hospital?

— Vão lhe dispensar os cuidados apropriados. Ela ainda pode viver um certo tempo, talvez até mais. Conheci pessoas na situação dela cujas vidas foram prolongadas por anos.

Merda, pensei, mas não disse nada na frente do doutor. Hesitei um momento, aí perguntei:

— Por acaso o senhor não podia abortá-la, doutor, entre judeus?

Ele pareceu sinceramente espantado.

— Como assim, abortá-la? Que história é essa?

— Isso mesmo, abortá-la, para impedir que ela sofra.

Aí o dr. Katz ficou tão perturbado que foi obrigado a sentar. Agarrou a cabeça nas mãos e suspirou várias vezes em seguida, erguendo os olhos para os céus, como de praxe.

— Não, meu pequeno Momo, não podemos fazer isso. A eutanásia é rigorosamente proibida por lei. Estamos num país civilizado. Você não sabe do que está falando.

— Sei, sim. Sou argelino, sei do que estou falando. Lá eles têm o direito sagrado dos povos de dispor deles mesmos.

O dr. Katz olhou para mim como se eu lhe desse medo. Calava-se de boca aberta. Às vezes fico puto de tanto que as pessoas não querem entender.

— O direito sagrado dos povos não existe, porra?

— Claro que existe — disse o dr. Katz, e ele até se levantou do degrau em que estava sentado para prestar seu respeito. — Claro que existe. É uma coisa grande e bela. Mas não vejo a relação.

— A relação é que, sim, isso existe. Madame Rosa tem o direito sagrado dos povos de dispor dela mesma, como todo mundo. E ela quer ser abortada, é direito dela. E é o senhor que deveria fazer isso porque é preciso um médico judeu, para não ter antissemitismo. O senhor não deveria fazer sofrer entre judeus. É nojento.

O dr. Katz respirava cada vez mais e tinha inclusive gotas de suor na testa, de tal forma eu falava bem. Era a primeira vez que eu tinha anos a mais de verdade.

— Você não sabe o que está dizendo, minha criança, não sabe por que diz isso.

— Não sou sua criança, nem criança eu sou. Sou um filho de puta e meu pai matou minha mãe, e quando a gente sabe disso sabe de tudo e não é mais nem um pouco criança.

O dr. Katz tremia, tamanho seu espanto olhando pra mim.

— Quem te disse isso, Momo? Quem te disse essas coisas?

— Não interessa quem me disse, dr. Katz, porque às vezes é melhor ter o mínimo de pai possível, acredite na minha velha experiência e como tenho a honra, para falar como seu Hamil, o amigo do sr. Victor Hugo, que o senhor não deve ignorar. E não me olhe assim, dr. Katz, porque não vou ter uma crise de violência, não sou psiquiátrico, não sou hereditário, não vou matar a puta da minha mãe, porque isso já está feito, que Deus tenha o rabo dela, que fez muito bem nesta terra, e eu desprezo todos vocês, menos Madame Rosa, que é a única coisa que amei aqui e não vou deixá-la ser campeã do mundo dos vegetais para agradar à medicina, e quando eu escrever os miseráveis vou dizer tudo que eu quiser sem matar ninguém porque é a mesma coisa, e se o senhor não fosse um velho *youpin* sem coração, mas um verdadeiro judeu com um verdadeiro coração no lugar do órgão, o senhor faria uma boa ação e abortaria Madame Rosa imediatamente para salvá-la da vida que lhe foi enfiada no rabo por um pai que a gente nem conhece e que não tem nem rosto de tanto que se esconde, e não é nem permitido representá-lo porque ele tem toda uma máfia para impedi-lo de ser apanhado, e isso é a criminalidade, Madame Rosa, e a condenação da raça maldita dos médicos por recusa de assistência...

O dr. Katz estava todo pálido, e isso combinava com sua bonita barba branca e seus olhos que eram cardíacos, e eu parei porque se ele morresse não ia ouvir nada do que um dia eu ia dizer a eles. Os joelhos dele começaram a fraquejar e o ajudei a sentar no degrau, mas sem lhe perdoar nada nem ninguém. Ele levou a mão ao coração e olhou pra mim como se ele fosse o caixa de um banco me implorando para não matá-lo. Mas eu só cruzei os braços no peito me sentindo como um povo com o direito sagrado de dispor de si mesmo.

— Meu pequeno Momo, meu pequeno Momo...
— Não existe pequeno Momo. É sim ou merda?
— Não tenho o direito de fazer isso...
— O senhor não quer abortá-la?
— Isso não é possível, a eutanásia é severamente punida...

Ele já estava me dando no saco. Eu gostaria muito de saber o que não é punido severamente, ainda mais quando não tem nada pra punir.

— Precisamos colocá-la no hospital, é uma coisa humanitária...
— Será que eles vão me pegar no hospital junto com ela?

Isso o tranquilizou um pouco e ele até sorriu.

— Você é um bom menino, Momo. Não, mas você poderá visitá-la. Só que, daqui a pouco, ela não vai mais reconhecê-lo...

Ele tentou falar de outra coisa.

— E a propósito, o que vai ser de você, Momo? Você não pode morar sozinho.

— Não se preocupe comigo. Conheço um monte de putas em Pigalle. Já recebi várias propostas.

O dr. Katz abriu a boca, olhou para mim, engoliu e depois suspirou, como fazem todos. Já eu refletia. Era preciso ganhar tempo, é sempre a coisa a ser feita.

— Escute, dr. Katz, não chame o hospital. Me dê mais alguns dias. Quem sabe ela não morre sozinha? E, depois, tenho que me arranjar. Senão eles vão me despejar na Assistência.

Ele suspirou de novo. O sujeito, cada vez que respirava, era para suspirar. Eu estava por aqui de caras que suspiravam.

Ele olhou para mim, mas de outra maneira.

— Você nunca foi uma criança como as outras, Momo. E não será nunca um homem como os outros, eu sempre soube disso.

— Obrigado, dr. Katz. É muito amável o senhor me dizer isso.

— É o que eu penso de verdade. Você sempre será diferente.

Refleti um momento.

— Talvez seja porque eu tive um pai psiquiátrico.

O dr. Katz pareceu doente, sua cara não estava nada boa.

— De jeito nenhum, Momo. Não foi isso que eu quis dizer. Você ainda é muito jovem para entender, mas...

— Nunca somos muito jovens para nada, doutor, acredite na minha velha experiência.

Ele pareceu espantado.

— Onde aprendeu essa expressão?

— É o meu amigo seu Hamil que sempre diz isso.

— Ah, bom. Você é um garoto muito inteligente, muito sensível, muito sensível mesmo. Eu disse várias vezes a Madame Rosa que você nunca será como todo mundo. Às vezes isso dá grandes poetas, escritores, e às vezes...

Ele suspirou.

— ... e às vezes revoltados. Mas sossegue, isso não quer dizer de forma alguma que você não será normal.

— Eu espero mesmo nunca ser normal, dr. Katz, só os canalhas são sempre *normaus*.

— Normais.

— Farei tudo para não ser normal, doutor...

Ele se levantou de novo e pensei que era o momento de perguntar uma coisa, pois ela começava a me atormentar seriamente.

— Me diga uma coisa, doutor, o senhor tem certeza que tenho catorze anos? Não tenho vinte, trinta ou até mais um pouco? Primeiro, me dizem dez, depois catorze. Eu não teria muitas vezes mais? Será que não sou um anão, cacete? Não tenho nenhuma vontade se ser anão, doutor, mesmo eles sendo normais e diferentes.

O dr. Katz sorriu dentro da sua barba e estava feliz de me dar finalmente uma boa notícia.

— Não, você não é um anão, Momo, dou-lhe a minha palavra de médico. Você tem catorze anos, mas Madame Rosa queria conservá-lo o máximo de tempo possível, ela tinha medo que você a abandonasse, então acabou fazendo você acreditar que tinha só dez. Talvez eu devesse ter lhe contado antes, mas...

Ele sorriu e isso o deixou ainda mais triste.

— ... mas como era uma linda história de amor, não falei nada. Quanto a Madame Rosa, posso até esperar alguns dias, mas julgo indispensável colocá-la no hospital. Não temos o direito de abreviar seus sofrimentos, como lhe expliquei. Enquanto isso, faça ela fazer um pouco de exercício, coloque-a de pé, mexa nela, faça ela dar pequenos passeios no quarto, porque sem isso ela vai se decompor em todos os lugares e terá abscessos. Ela precisa se mexer um pouco. Dois ou três dias, não mais que isso...

Chamei um dos irmãos Zaoum, que desceu ele nos ombros. O dr. Katz ainda está vivo e um dia irei visitá-lo.

Fiquei um tempo sentado sozinho na escada para ter um pouco de paz. Mesmo assim estava feliz de saber que eu não era um anão, já era alguma coisa. Uma vez vi uma foto de um senhor que é aleijado e que vive sem braços nem pernas. Penso muito nisso para me sentir melhor do que ele, sinto prazer de ter braços e pernas. Pensei então nos exercícios que eu precisava fazer em Madame Rosa, para mexê-la um pouco, e fui chamar o sr. Waloumba para me ajudar, mas ele estava trabalhando nas suas porcarias. Passei o resto do dia com Madame Rosa, que botou as cartas para ler seu futuro. Quando voltou da labuta, o sr. Waloumba subiu com seus amigos, eles pegaram Madame Rosa e a fizeram fazer um pouco de exercício. Primeiro passearam com ela no quarto, pois suas pernas ainda tinham utilidade, e depois a deitaram sobre um cobertor e a sacudiram um pouco, para mexê-la no interior. Até se divertiram no fim porque causava um efeito desopilante neles ver Madame Rosa como uma boneca grande, a gente parecia estar brincando de alguma coisa. Isso lhe fez o maior bem e ela teve até uma palavra gentil para cada um. Depois, nós a deitamos e a alimentamos e ela pediu seu espelho. Quando se viu no espelho, sorriu para ela e arrumou um pouco os trinta e cinco cabelos que lhe restavam. Todos nós a parabenizamos pela sua cara boa. Ela se maquiou, ainda tinha sua feminilidade, pode-se muito bem ser feio e tentar caprichar ao máximo. Pena que Madame Rosa não era bonita, pois tinha vocação pra isso e teria dado uma belíssima mulher. Ela sorria para ela no espelho e todos nós estávamos contentes que ela não sentisse asco.

Depois, os irmãos do sr. Waloumba prepararam arroz com pimenta para ela, diziam que era bom apimentá-la para que o seu sangue corresse mais depressa. Madame Lola chegou nesse instante, e era sempre como se o sol entrasse, esse senegalês. A única coisa que me deixa triste com Madame Lola é quando ela sonha cortar tudo na frente para ser mulher integral, como ela diz. Acho isso uma extremidade e sempre tenho medo que ela se machuque.

Madame Lola deu um dos seus vestidos de presente à judia, pois sabia o quanto o moral é importante nas mulheres. Também trouxe champanhe, e não tem nada melhor. Encharcou Madame Rosa de perfume, pois ela precisava cada vez mais, já que tinha dificuldade em controlar suas aberturas.

Madame Lola tem um temperamento alegre porque foi abençoada pelo sol da África nesse sentido, e era um prazer vê-la sentada ali, de pernas cruzadas, na cama, vestida com a última elegância. Madame Lola é bonita demais para um homem, a não ser por sua voz que data do tempo em que ela era campeão de boxe peso pesado, e ela não podia fazer nada quanto a isso, pois as vozes estão em relação com os colhões e essa era a grande tristeza da vida dela. Da minha parte, eu tinha Arthur o guarda-chuva comigo, não queria me separar dele brutalmente, apesar dos quatro anos que tinha ganhado de uma tacada só. Eu tinha o direito de me habituar, pois os outros levam muito mais tempo para envelhecer vários anos e eu não precisava me apressar.

Madame Rosa dava a volta por cima tão rápido que conseguiu se levantar e até mesmo andar sozinha, era o recuo e a esperança. Quando Madame Lola saiu para o trabalho com sua bolsa, fizemos um lanche e Madame Rosa degustou o frango que o sr. Djamaïli, o merceeiro conhecido de todos, tinha mandado entregar. O sr. Djamaïli mesmo estava falecido, mas eles tinham tido boas relações em vida e a família dele herdara o negócio. Em seguida, ela bebeu um pouco de chá com geleia, fez uma cara pensativa e aí eu tive medo, achei que era um novo ataque de imbecilidade. Mas nós tínhamos sacudido tanto ela durante o dia que seu sangue assumia a sua função e chegava na cabeça como previsto.

— Momo, me diga a verdade.

— Madame Rosa, toda a verdade eu não conheço e nem sei quem conhece.

— O que o dr. Katz falou?

— Ele falou que precisa colocar a senhora no hospital e que lá eles vão cuidar da senhora para não deixá-la morrer. A senhora ainda pode viver por muito tempo.

Eu sentia um aperto no coração de lhe dizer coisas assim e até tentei sorrir, como se fosse uma boa notícia que eu lhe anunciava.

— Como eles chamam essa doença que eu tenho?

Engoli minha saliva.

— Não é câncer, Madame Rosa, juro.

— Momo, como os médicos chamam isso?

— Pode-se viver assim por muito tempo.

— Como, desse jeito?

Eu me calava.

— Momo, você não vai mentir pra mim? Eu sou uma velha judia, me fizeram tudo que se pode fazer a um homem...

Ela disse *mensch* e em judeu é igual para homem e mulher.

— Quero saber. Há coisas que não se tem o direito de fazer a um *mensch*. Sei que há dias que não estou mais no meu juízo perfeito.

— Não é nada, Madame Rosa, pode-se muito bem viver assim.

— Como, desse jeito?

Não me aguentei. Eu tinha lágrimas que me sufocavam por dentro. Atirei-me em cima dela, ela me pegou nos braços e eu berrei:

— Como um vegetal, Madame Rosa, como um vegetal! Eles querem fazer a senhora viver como um vegetal!
Ela não disse nada. Só transpirou um pouco.
— Quando é que eles vêm me buscar?
— Não sei, daqui a um ou dois dias, o dr. Katz gosta muito da senhora, Madame Rosa. Ele disse que só vai nos separar com a faca na garganta.
— Eu não irei — disse Madame Rosa.
— Não sei o que fazer, Madame Rosa. São todos uns patifes. Não querem abortá-la.
Ela parecia muito calma. Só pediu para se lavar porque tinha mijado embaixo dela.
Acho que ela estava muito bonita, pensando bem agora. Isso depende de como pensamos em alguém.
— É a Gestapo — ela disse.
E depois não falou mais nada.
À noite eu senti frio, me levantei e fui colocar um segundo cobertor nela.
Acordei contente no dia seguinte. Quando acordo, eu primeiro penso em nada e assim tenho um bom tempo. Madame Rosa estava viva e até me deu um lindo sorriso para mostrar que estava tudo bem, só tinha dor no fígado, que nela era hepático, e no rim esquerdo, que o dr. Katz via com muito maus olhos, também tinha outros detalhes que não funcionavam, mas não cabe a mim dizer o que era, não sou especialista. Fazia sol do lado de fora e aproveitei para puxar as cortinas, mas ela não gostou porque com a luz ela se via demais e isso a fazia sofrer. Ela pegou o espelho e disse apenas:
— Como eu fiquei feia, Momo.
Me deu raiva, porque não temos o direito de falar mal de uma mulher que é velha e doente. Acho que não se pode julgar tudo com um mesmo olho, como os hipopótamos e as tartarugas, que não são como todo mundo.

Ela fechou os olhos e lágrimas correram, mas não sei se era porque ela estava chorando ou se eram os músculos relaxando.

— Sou monstruosa, sei muito bem.

— Madame Rosa, é só porque a senhora não se parece com os outros.

Ela olhou pra mim.

— Quando é que eles vêm me buscar?

— O dr. Katz...

— Não quero ouvir falar no dr. Katz. Ele é um bom homem, mas não conhece as mulheres. Eu fui bonita, Momo. Eu tinha a melhor clientela da Rue de Provence. Quanto dinheiro ainda temos?

— Madame Lola deixou cem francos comigo. Vai dar mais. Ela se vira muito bem.

— Eu nunca teria trabalhado no Bois de Boulogne. Não tem nada pra gente se lavar. Nos Halles, tínhamos hotéis de boa categoria, com higiene. E no Bois de Boulogne é inclusive perigoso, por causa dos maníacos.

— Os maníacos, Madame Lola pode quebrar a cara deles, a senhora sabe muito bem que ela foi campeão de boxe.

— É uma santa. Não sei o que seria da gente sem ela.

Depois ela quis recitar uma oração judia como sua mãe lhe ensinara. Tive muito medo, eu achava que ela ia recair na infância, mas não quis contrariá-la. Só que ela não conseguia se lembrar das palavras por causa do miolo mole. Ela tinha ensinado a oração ao Moïse e eu também tinha aprendido porque ficava puto quando eles faziam coisas à parte. Recitei:

— *Shma israël adenoï eloheïnou adenoï ekhot bouroukh shein kweit malhoussé loëilem boët...* Ela repetiu isso comigo e depois fui ao WC e cuspi tfu tfu tfu como fazem os judeus porque aquilo não era a minha religião. Ela me pediu para vesti-la, mas eu não podia ajudá-la sozinho e fui ao lar negro, onde encontrei o sr. Waloumba, o sr. Sokoro, o sr. Tané e outros dos quais não posso dizer a vocês os nomes porque lá são todos bonzinhos.

Assim que subimos, vi imediatamente que Madame Rosa estava imbecil de novo, com olhos de badejo frito e a boca aberta salivando, como já tive a honra e como não faço questão de repetir. Lembrei na mesma hora o que o dr. Katz tinha me dito a respeito dos exercícios que devíamos fazer em Madame Rosa, para mexê-la e para que o sangue dela se infiltrasse em todos os lugares que precisam dele. Deitamos rapidamente Madame Rosa sobre um cobertor e os irmãos do sr. Waloumba levantaram ela com sua força proverbial e começaram a agitá-la, mas nesse momento o dr. Katz chegou nas costas do sr. Zaoum mais velho, com seus instrumentos de medicina numa maleta. Ele quase teve um ataque de nervos antes mesmo de descer das costas do sr. Zaoum mais velho, pois não era nada daquilo que ele tinha querido dizer. Nunca vi o dr. Katz tão furioso, ele teve até que sentar e segurar o coração, pois todos esses judeus aqui são doentes, eles vieram para Belleville há muito tempo da Europa, estão velhos e cansados, foi por isso que pararam aqui e não puderam ir adiante. Ele me espinafrou alguma coisa de terrível e nos chamou de selvagens, o que tirou do sério o sr. Waloumba, que o advertiu que aquilo eram declarações. O sr. Katz se desculpou, dizendo que ele não era pejorativo, que não tinha receitado atirar Madame Rosa para cima como uma panqueca para sacudi-la, mas fazê-la andar aqui e ali com passos curtos e mil precauções. O sr. Waloumba e seus compatriotas colocaram Madame Rosa depressa em sua poltrona, porque tínhamos que trocar os lençóis por causa das necessidades naturais dela.

— Vou telefonar para o hospital — disse o dr. Katz de forma definitiva. — Vou pedir uma ambulância agora mesmo. Seu estado exige. Ela precisa de cuidados constantes.

Abri o berreiro, mas eu via com clareza que eu falava pra não dizer nada. Foi então que tive uma ideia genial, pois eu era realmente capaz de tudo.

— Dr. Katz, não podemos colocar ela no hospital. Hoje não. Hoje ela tem família.

Ele pareceu espantado.

— Como assim, família? Ela não tem ninguém no mundo.

— Ela tem família em Israel e...

Engoli a saliva.

— Eles chegam hoje.

O dr. Katz observou um minuto de silêncio em memória de Israel. Estava embasbacado.

— Disso eu não sabia — ele disse, e agora ele tinha respeito na voz, pois para os judeus Israel é alguma coisa. — Ela nunca me contou isso...

Eu recuperava a esperança. Estava sentado num canto com meu sobretudo e o guarda-chuva Arthur, peguei seu chapéu-coco e coloquei na cabeça para a baraca.*

— Eles vão chegar hoje para buscá-la. Vão levá-la para Israel. Está tudo combinado. Os russos lhe deram o visto.

O dr. Katz estava estupefato:

— Como assim, os russos? Que história é essa?

---

* Termo islâmico que denota uma espécie de continuidade da presença espiritual e da revelação que começa com Deus e flui através daqueles e daquelas mais próximos a Ele. A baraca pode ser encontrada em objetos físicos, lugares e pessoas, escolhidos por Deus. [N.T.]

Merda, vi claramente que tinha dito alguma coisa torta, no entanto Madame Rosa tinha repetido várias vezes que era preciso um visto russo para ir a Israel.

— Em suma, o senhor está vendo o que eu quero dizer.

— Você está se confundindo, meu pequeno Momo, mas estou vendo... Então eles vêm pegá-la?

— Sim, eles souberam que ela não estava mais no seu juízo, então vão levá-la para morar em Israel. Tomam o avião amanhã.

O dr. Katz estava todo maravilhado, acariciava a barba, era a melhor ideia que eu já tinha tido. Era a primeira vez que eu tinha de verdade quatro anos a mais.

— Eles são muito ricos. Têm lojas e são motorizados. Eles...

Pensei puta merda, não posso exagerar muito.

— Eles têm tudo que é necessário, sério.

— Tsc, tsc — fez o dr. Katz, balançando a cabeça. — É uma boa notícia. A pobre mulher sofreu tanto na vida... Mas por que não deram sinal antes?

— Eles escreviam para ela ir, mas Madame Rosa não queria me abandonar. Madame Rosa e eu não vivemos um sem o outro. É tudo que temos no mundo. Ela não queria me largar. Inclusive agora não quer. Ainda ontem tive que suplicar. Madame Rosa, vá para a sua família em Israel. A senhora vai morrer tranquilamente, lá eles vão cuidar da senhora. Lá vocês são muito mais.

O dr. Katz me olhava com a boca aberta de espanto. Tinha até emoção nos olhos, que estavam um pouco molhados.

— É a primeira vez que um árabe manda um judeu para Israel — ele disse, e mal conseguia falar, porque estava tendo um choque.

— Ela não queria ir para lá sem mim.

O dr. Katz fez uma cara pensativa.

— E não podem ir vocês dois? Estou impressionado. Eu teria dado qualquer coisa para ir para qualquer lugar.

— Madame Rosa me disse que vai se informar por lá...

Eu estava quase sem voz de tanto que não sabia mais o que dizer.

— No fim ela aceitou. Eles vêm buscar ela hoje, amanhã pegam o avião.

— E você, meu pequeno Mohammed? O que será de você?

— Encontrei alguém aqui, estão esperando para me chamar.

— Para... o quê?

Eu não falei mais nada. Já estava inteirinho na merda e não sabia mais como sair.

O sr. Waloumba e todos os seus estavam muito contentes, pois viam claramente que eu tinha dado um jeito na situação. Eu estava sentado no chão com meu guarda-chuva Arthur e não sabia a que ponto tinha chegado. Não sabia e não queria saber.

O dr. Katz levantou.

— Ótimo, é uma boa notícia. Madame Rosa ainda pode viver muito tempo, mesmo não sabendo mais disso. Ela evolui muito rapidamente. Mas terá momentos de consciência e ficará feliz de olhar em volta e ver que está na sua casa. Diga à família dela para me fazer uma visitinha, eu não me desloco mais, você sabe.

Ele pôs a mão na minha cabeça. É muito louco o que tem de gente que põe a mão na minha cabeça. Isso faz bem a elas.

— Se Madame Rosa recuperar a consciência antes de ir embora, diga a ela que eu a felicito.

— É isso aí, eu vou dizer *mazel tov*.

O dr. Katz me olhou com orgulho.

— Você deve ser o único árabe a falar iídiche, meu pequeno Momo.

— Sim, *mittornischt zorgen*.

No caso de vocês não saberem judeu, isso entre eles quer dizer: não podemos nos queixar.

— Não esqueça de dizer a Madame Rosa como estou feliz por ela — repetiu o dr. Katz, e esta é a última vez que falo dele porque é a vida.

O sr. Zaoum mais velho o esperava educadamente na porta para descê-lo. O sr. Waloumba e seus tribunos deitaram Madame Rosa em sua cama bem limpa e também foram embora. E eu fiquei ali com meu guarda-chuva Arthur olhando Madame Rosa deitada de costas como uma tartaruga gorda que não era feita para aquilo.

— Momo...

Nem levantei a cabeça.

— Sim, Madame Rosa.

— Eu ouvi tudo.

— Eu sei, vi claramente quando a senhora olhou.

— Então eu vou para Israel?

Eu não disse nada. Fiquei de cabeça baixa para não vê-la, pois todas as vezes que a gente se olhava eu me sentia mal.

— Você fez bem, meu pequeno Momo. Você vai me ajudar.

— Claro que vou ajudar a senhora, Madame Rosa, mas ainda não imediatamente.

Até chorei um pouco.

Ela passou um dia bom e dormiu bem, mas na noite seguinte a coisa azedou mais ainda quando o administrador apareceu porque não pagávamos o aluguel fazia meses. Ele nos disse que era vergonhoso manter uma velha doente num apartamento com ninguém pra cuidar dela, e que convinha botá-la num asilo por razões humanitárias. Era um gordo careca com olhos de barata e saiu dizendo que ia telefonar para o hospital da Piedade para Madame Rosa e para a Assistência Pública para mim. Ele também tinha um bigode grande que mexia. Desabalei pela escada e alcancei o administrador quando ele já estava no café do sr. Driss para telefonar. Eu disse a ele que a família de Madame Rosa ia chegar no dia seguinte para levá-la para Israel e que eu ia com ela. Ele ia poder recuperar o apartamento. Tive uma ideia genial e disse que a família de Madame Rosa ia pagar os três meses de aluguel que a gente devia, enquanto o hospital não ia pagar nada pra ele. Juro que os quatro anos que eu tinha recuperado faziam diferença, e agora eu me acostumava muito rápido a pensar como se deve. Até avisei que se ele colocasse Madame Rosa no hospital e eu na Assistência ele ia ter todos os judeus e todos os árabes de Belleville nas costas, por ter nos impedido de regressar à terra dos nossos ancestrais. Joguei pesado com ele, prometendo que ele se veria com seus *khlaoui* na boca porque é o que os terroristas judeus sempre fazem, e não tem coisa mais terrível, a não ser meus irmãos árabes que lutam para dispor de si mesmos e voltar para casa, e que com Madame Rosa e eu ele ia ter juntos os terroristas judeus e os terroristas árabes nas costas, e que ele podia contar suas bolas. Todo mundo olhava pra nós e eu estava muito contente comigo, estava realmente na minha forma olímpica. Minha vontade era matar aquele homem, era o desespero, e ninguém tinha me visto daquele jeito no café. O sr. Driss escutava e aconselhou ao administrador não se meter em histórias entre judeus e árabes, pois isso podia lhe custar caro. O sr. Driss é tunisiano, mas eles também têm árabes por lá. O administrador ficou todo branco e falou que não sabia que íamos voltar pra nossa casa e que ele era o primeiro a se alegrar com isso. Até me perguntou se eu queria beber alguma coisa.

Era a primeira vez que me convidavam para beber como um homem. Pedi uma Coca, disse saúde para eles e subi para o sexto andar. Não havia mais tempo a perder.

Encontrei Madame Rosa em seu estado habitual, mas eu via claramente que ela estava com medo, e isso é sinal de inteligência. Ela até pronunciou meu nome, como se me pedisse socorro.

— Estou aqui, Madame Rosa, estou aqui...

Ela tentava dizer alguma coisa e seus lábios mexiam, sua cabeça tremia e ela fazia esforços para ser uma pessoa humana. Mas tudo o que se dava é que seus olhos ficavam cada vez maiores e ela ficava de boca aberta, com as mãos grudadas nos braços da poltrona, olhando pra frente como se já ouvisse a campainha...

— Momo...

— Fique tranquila, Madame Rosa, não vou deixar a senhora virar campeão do mundo dos vegetais num hospital...

Não sei se deixei vocês saberem que Madame Rosa conservava o retrato do sr. Hitler embaixo da cama, e que quando ela estava muito mal ela o pegava, olhava pra ele e ficava melhor na hora. Peguei o retrato embaixo da cama e o coloquei no nariz de Madame Rosa.

— Madame Rosa, Madame Rosa, olha quem está aqui...

Tive que sacudi-la. Ela suspirou um pouco, viu o rosto do sr. Hitler na frente e o reconheceu na hora, até deu um uivo, o que a reanimou completamente, e ela tentou levantar.

— Corra, Madame Rosa, depressa, precisamos ir...

— Eles estão chegando?

— Ainda não, mas temos que ir embora daqui. Vamos pra Israel, lembra?

Ela começava a funcionar porque nos velhos são sempre as lembranças que são as mais fortes.

— Me ajude, Momo...

— Devagarinho, Madame Rosa, temos tempo, eles ainda não telefonaram, mas não podemos mais ficar aqui...

Tive dificuldade para vesti-la e, pra piorar, ela quis se embelezar e eu precisei ficar segurando o espelho enquanto ela se maquiava. Não entrava na minha cabeça por que ela queria colocar o que tinha de melhor, mas não dá para discutir com a feminilidade. Ela tinha um monte de trapos no armário, que não pareciam com nada conhecido, ela comprava no mercado das pulgas quando tinha grana, não para usar, mas para sonhar. A única coisa onde ela conseguia entrar inteira era no seu quimono japonês com pássaros, flores e o sol raiando. Era vermelho e laranja. Ela também colocou sua peruca e quis se olhar no espelho do armário, mas não deixei ela fazer isso, era preferível.

Já eram onze da noite quando conseguimos ir para a escada. Eu nunca teria acreditado que ela ia chegar lá. Eu não sabia o quanto Madame Rosa ainda tinha de força dentro dela para ir morrer no seu buraco judeu. Seu buraco judeu, nunca acreditei nisso. Nunca entendi por que ela tinha arrumado tudo aquilo e por que descia lá de tempos em tempos, sentava, olhava em volta e respirava fundo. Agora eu entendia. Eu ainda não tinha vivido o suficiente para ter experiência suficiente, e inclusive hoje, quando falo com vocês, sei que me esforço à toa, falta sempre alguma coisa pra aprender.

O temporizador da luz da escada não estava funcionando direito e apagava o tempo todo. No quarto andar, fizemos barulho e o sr. Zidi, que vem de Oujda, saiu para ver. Quando viu Madame Rosa, ficou de boca aberta como se nunca tivesse visto um quimono japonês e fechou a porta depressa.

No terceiro, cruzamos com o sr. Mimoûn, que vende amendoins e castanhas em Montmartre e que daqui a pouco vai voltar para o Marrocos com a fortuna feita. Ele parou, ergueu os olhos e perguntou:

— O que é isso, meu Deus?

— É Madame Rosa indo para Israel.

Ele refletiu, aí refletiu mais um pouco e, com uma voz ainda assustada, quis saber:

— Por que eles a vestiram assim?

— Não sei, sr. Mimoûn, não sou judeu.

O sr. Mimoûn engoliu ar.

— Conheço os judeus. Eles não se vestem assim. Ninguém se veste assim. Não é possível.

Ele pegou seu lenço, enxugou a testa e depois ajudou Madame Rosa a descer, porque via claramente que era muita coisa para um homem só. Lá embaixo, quis saber onde estavam as bagagens e se ela não ia pegar friagem esperando o táxi, e até se zangou e começou a gritar que não se tinha o direito de mandar uma mulher para os judeus naquele estado. Eu disse para ele ir até o sexto andar e falar com a família de Madame Rosa que estava cuidando das bagagens e ele foi, dizendo que a última coisa que desejava era mandar judeus para Israel. Ficamos sozinhos lá embaixo e precisávamos correr, pois ainda faltava meio andar para chegar ao porão.

Quando chegamos lá, Madame Rosa desmoronou na poltrona e achei que ela ia morrer. Ela tinha fechado os olhos e não tinha mais respiração suficiente para levantar o peito. Acendi as velas, sentei no chão ao seu lado e peguei sua mão. Isso a fez melhorar um pouco, porque ela abriu os olhos, olhou em volta e disse:

— Eu sabia muito bem que ia precisar disto um dia, Momo. Agora vou morrer tranquila.

Ela chegou a sorrir para mim.

— Não vou bater o recorde mundial dos vegetais.
— *Inch' Allah*.
— Sim, *inch' Allah*, Momo. Você é um bom menino. Sempre nos demos bem juntos.
— É isso aí, Madame Rosa, e de toda forma é melhor do que ninguém.
— Agora faça eu dizer minha oração, Momo. Talvez eu não possa nunca mais.
— *Shma Israël Adenoï...*

Ela repetiu tudo comigo até *loeïlem boët* e pareceu contente. Ainda teve uma boa hora, mas depois se deteriorou mais. À noite ela resmungava em polonês por causa da sua infância e cismou de repetir o nome de um cara chamado Blumentag que talvez tivesse conhecido como *proxineta* quando ela era mulher. Agora sei que isso se diz proxeneta mas peguei o hábito. Depois ela não disse mais absolutamente nada e ficou ali com um ar vazio, olhando a parede em frente e cagando e mijando embaixo dela.

Mas devo dizer uma coisa a vocês: isso não devia existir. Digo e penso assim. Nunca vou entender por que o aborto só é autorizado para os jovens e não para os velhos. Na minha opinião o sujeito na América que bateu o recorde mundial como vegetal é ainda pior do que Jesus porque ficou na sua cruz dezessete anos e uns quebrados. Na minha opinião não tem coisa mais nojenta do que enfiar a vida à força na goela das pessoas que não podem se defender e não querem mais ter utilidade.

Havia muitas velas e acendi um monte para fazer menos escuro. Ela ainda murmurou Blumentag, Blumentag duas vezes, e eu estava começando a me encher disso, queria ver aquele Blumentag se sacrificar tanto por ela como eu. Depois lembrei que *blumentag* quer dizer dia das flores em judeu e aquilo devia ser outro sonho de mulher que ela estava tendo. A feminilidade é mais forte do que tudo. Ela deve ter ido ao campo uma vez, quando era jovem, talvez com um cara que ela amava, e isso ficou nela.

— *Blumentag*, Madame Rosa.

Deixei ela ali e subi para pegar meu guarda-chuva Arthur porque estava acostumado. Subi de novo mais tarde para pegar o retrato do sr. Hitler, era a única coisa que ainda fazia efeito nela.

Eu pensava que Madame Rosa não ia ficar muito tempo no seu buraco judeu e que Deus teria pena dela, pois quando estamos no fim das forças temos todo tipo de ideias. Eu às vezes olhava seu belo rosto e depois me lembrei que tinha esquecido a maquiagem dela e tudo de que ela gostava para ser mulher e subi uma terceira vez, mesmo já estando farto, Madame Rosa era realmente exigente.

Estendi o colchão ao lado dela para lhe fazer companhia, mas não consegui pregar o olho porque estava com medo dos ratos que têm reputação nos porões, mas não tinha nenhum. Dormi não sei quanto e quando acordei quase não havia mais velas acesas. Madame Rosa estava com os olhos abertos, mas quando coloquei o retrato do sr. Hitler na frente, ela não se interessou. Era um milagre termos descido em seu estado.

Quando saí, era meio-dia, fiquei na calçada e, quando me perguntavam como Madame Rosa estava, eu dizia que ela tinha ido para o seu lar judeu em Israel, sua família tinha vindo buscá-la, lá ela ia ter o conforto moderno e ia morrer muito mais rápido do que aqui onde não era vida para ela. Talvez até ainda fosse viver um tempinho e me fizesse ir para lá porque eu tinha direito, os árabes também têm direito a isso. Todo mundo estava feliz que a judia tivesse encontrado a paz. Fui ao café do sr. Driss, que me fez comer de graça, e me sentei em frente ao seu Hamil que estava ali perto da janela, vestindo seu belo albornoz cinza e branco. Ele não enxergava mais nada como tive a honra, mas quando eu disse a ele meu nome três vezes, ele se lembrou na hora.

— Ah, meu pequeno Mohammed, sim, sim, lembro... Conheço muito bem... O que foi feito dele?

— Sou eu, seu Hamil.

— Ah, bom, ah, bom, desculpe, não tenho mais meus olhos...

— Como o senhor está indo, seu Hamil?

— Ontem eu tive um bom cuscuz para comer e hoje ao meio-dia terei arroz com caldo. Esta noite, ainda não sei o que terei para comer, estou curiosíssimo.

Ele mantinha a mão sempre em cima do Livro do sr. Victor Hugo e olhava para muito longe, muito longe além, como se procurasse o que teria para jantar naquela noite.

— Seu Hamil, é possível viver sem alguém para amar?
— Gosto muito de cuscuz, meu pequeno Victor, mas não todo dia.
— O senhor não ouviu, seu Hamil. O senhor tinha me dito quando eu era pequeno que era impossível viver sem amor.
Seu rosto se iluminou de dentro para fora.
— Sim, sim, é verdade, também amei alguém quando era jovem. Sim, você tem razão, meu pequeno...
— Mohammed. Não é Victor.
— Sim, meu pequeno Mohammed. Quando eu era jovem, amei alguém. Amei uma mulher. Ela se chamava...
Ele se calou e pareceu espantado.
— Não lembro mais.
Eu me levantei e voltei ao porão.
Madame Rosa estava em seu estado de torpeza. Sim, de torpor, obrigado, vou lembrar da próxima vez. Ganhei quatro anos de uma tacada só e isso não é fácil. Um dia vou falar com segurança como todo mundo, isso é feito pra isso. Eu não me sentia bem e doía um pouco em toda parte. Ainda coloquei o retrato do sr. Hitler na frente dos olhos dela, mas não aconteceu absolutamente nada. Eu achava que ela poderia viver assim anos e anos e não queria lhe fazer isso, mas não tinha coragem de eu mesmo abortá-la. A cara dela não estava boa nem no escuro, e acendi todas as velas que podia, para companhia. Peguei sua maquiagem e apliquei em seus lábios e faces e pintei suas sobrancelhas como ela gostava. Pintei as pálpebras de azul e branco e colei estrelinhas em cima como ela mesma fazia. Tentei colar cílios falsos, mas eles não paravam. Eu via claramente que ela não respirava mais, mas para mim não fazia diferença, eu gostava dela mesmo sem respirar. Fiquei ao seu lado no colchão com meu guarda-chuva Arthur e tentei me sentir ainda pior para morrer completamente. Quando ficou escuro em volta de mim, acendi mais velas e mais e mais.

Apagou tudo várias vezes. Depois teve o palhaço azul que veio me visitar, apesar dos quatro anos a mais que eu tinha conquistado, e ele passou o braço em volta dos meus ombros. Eu sentia dor em toda parte e o palhaço amarelo veio também e abri mão dos quatro anos que eu tinha ganhado, estava me lixando. Às vezes me levantava e ia colocar o retrato do sr. Hitler na frente dos olhos de Madame Rosa, mas isso não lhe causava nada, ela não estava mais com a gente. Seu rosto estava frio. Ela estava muito bonita com seu quimono artístico, sua peruca ruiva e toda a maquiagem que eu tinha aplicado no seu rosto. Retoquei um pouco aqui e ali porque estava ficando um pouco cinza e azul nela cada vez que eu acordava. Dormi no colchão ao lado dela e estava com medo de ir para o lado de fora porque não havia ninguém. Assim mesmo subi até o apartamento de Madame Lola porque ela era uma pessoa diferenciada. Ela não estava, não era a hora certa. Eu tinha medo de deixar Madame Rosa sozinha, ela podia acordar e acreditar que estava morta vendo tudo escuro em volta. Desci de novo e acendi uma vela, mas não muito porque não lhe teria agradado ser vista em seu estado. Tive que maquiar ela de novo com muito batom e bonitas cores para que ela se visse menos. Dormi de novo ao seu lado, depois subi até a casa de Madame Lola, que estava imprestável. Ela estava se barbeando e tinha colocado música e ovos na travessa que cheiravam bem. Ela estava metade nua e se esfregava em toda parte com força para apagar os vestígios da sua obra e quando ela estava pelada com sua navalha e sua espuma de barba não se parecia com nada de conhecido, e isso me fez bem. Quando ela abriu a porta, ficou sem palavras, de tal forma eu devia ter mudado nos últimos quatro anos.

— Meu Deus, Momo! O que houve, você está doente?
— Eu queria dizer adeus pra Madame Rosa.
— Levaram ela para o hospital?

Sentei porque eu não tinha mais força. Eu não tinha comido desde não sei quando para fazer greve de fome. Não tenho nada a ver com as leis da natureza. Não quero nem saber delas.

— Não, para o hospital não. Madame Rosa está no seu buraco judeu.

Eu não deveria ter dito isso, mas vi na hora que Madame Lola não sabia onde era.

— O quê?

— Ela foi pra Israel.

Madame Lola viu-se tão inesperada que ficou boquiaberta no meio da espuma.

— Mas ela nunca me falou que ia embora.

— Vieram pegá-la de avião.

— Quem?

— A família. Ela tinha uma porção de família lá. Vieram pegá-la de avião com um carro à sua disposição. Um Jaguar.

— E ela deixou você sozinho?

— Vou pra lá também, ela vai me chamar.

Madame Lola me olhou de novo e encostou a mão na minha testa.

— Mas você está com febre, Momo!

— Não, vai dar tudo certo.

— Ei, venha comer comigo, vai te fazer bem.

— Não, obrigado, eu não como mais.

— Como é que é? Você não come mais? Que história é essa?

— Estou me lixando para as leis da natureza, Madame Lola.

Ela caiu na risada.

— Eu também.

— As leis da natureza eu as desprezo, Madame Lola. Cuspo em cima delas. As leis da natureza são tão nojentas que não deviam nem ser permitidas.

Levantei. Ela tinha um seio maior do que o outro porque ela não era natural. Eu gostava muito de Madame Lola.

Ela me deu um sorriso bonito.

— Quer vir morar comigo enquanto isso?

— Não, obrigado, Madame Lola.

Ela veio se agachar do meu lado e pegou meu queixo. Seus braços eram tatuados.

— Pode ficar aqui. Vou cuidar de você.

— Não, obrigado, Madame Lola. Já tenho alguém.

Ela suspirou, depois se levantou e foi remexer na sua bolsa.

— Olhe, tome isso.

Ela me passou trinta pilas.

Fui matar a sede na torneira porque estava com uma sede de fidalgo.

Desci de novo e me fechei com Madame Rosa no seu buraco judeu. Mas não aguentei. Despejei nela todo o perfume que tinha sobrado, mas não era mais possível. Saí e fui à Rue Coulé, onde comprei tintas de pintar e depois garrafas de perfume na perfumaria bem conhecida do sr. Jacques, que é um heterossexual e sempre dá em cima de mim. Eu não queria comer nada para castigar todo mundo, mas não valia mais a pena dirigir a palavra a eles, e me empanturrei de salsicha numa cervejaria. Quando voltei, Madame Rosa cheirava ainda mais forte, por causa das leis da natureza, e despejei em cima dela uma garrafa de perfume Samba que era seu preferido. Pintei depois seu rosto com todas as tintas que eu tinha comprado para que ela se visse menos. Ela continuava com os olhos abertos, mas com o vermelho, o verde, o amarelo e o azul em volta era menos terrível porque ela não tinha mais nada de natural. Depois acendi sete velas como é sempre com os judeus e me deitei no colchão ao seu lado. Não é verdade que fiquei três semanas ao lado do cadáver da minha mãe adotiva porque Madame Rosa não era minha mãe adotiva. Isso não é verdade, e eu não teria aguentado, porque não tinha mais perfume. Saí quatro vezes para comprar perfume com o dinheiro que Madame Lola me deu e roubei outro tanto. Despejei tudo em cima dela e pintei e repintei seu rosto com todas as tintas que eu tinha para esconder as leis da natureza, mas ela se estragava terrivelmente em toda parte porque não existe piedade. Quando eles arrombaram a porta para ver de onde vinha aquilo e me viram deitado ao seu lado, começaram a berrar socorro que horror, mas não tinham pensado em berrar antes porque a vida não tem cheiro. Eles me levaram de ambulância, onde encontraram no meu bolso o pedaço de papel com o nome e o endereço. Eles ligaram pra vocês porque vocês tinham telefone, achavam que vocês eram algo meu. Foi assim que vocês todos chegaram e me recolheram na sua casa no campo sem nenhuma obrigação da minha parte. Acho que o seu Hamil tinha razão quando ainda estava no seu juízo e dizia que não podemos viver sem alguém para amar, mas eu não prometo nada a vocês, temos que ver. Da minha parte, amei Madame Rosa e vou continuar a visitá-la. Mas quero muito ficar na casa de vocês um tempo, já que seus pirralhos me pediram. Foi a sra. Nadine que me mostrou como podemos fazer recuar o mundo, e estou muito interessado e desejo isso de todo o coração. O dr. Ramon foi inclusive pegar meu guarda-chuva Arthur, eu estava preocupadíssimo porque ninguém queria saber dele, por causa do seu valor sentimental. É preciso amar.

La Vie devant soi © Éditions Mercure de France, 1975
(sublicenciado por Porto Editora, S.A.)

Todos os direitos desta edição reservados à Todavia.

Grafia atualizada segundo o Acordo Ortográfico da Língua Portuguesa de 1990, que entrou em vigor no Brasil em 2009.

capa
Laurindo Feliciano
composição
Jussara Fino
preparação
Ciça Caropreso
revisão
Jane Pessoa
Ana Alvares

12ª reimpressão, 2025

Dados Internacionais de Catalogação na Publicação (CIP)

Gary, Romain (1914-1980)
  A vida pela frente / Romain Gary ; tradução André Telles. — 1. ed. — São Paulo : Todavia, 2019.

  Título original: La Vie devant soi
  ISBN 978-65-80309-39-9

  1. Literatura francesa. 2. Romance. 3. Século XX.
  I. Telles, André. II. Ajar, Émile. III. Título.

CDD 843

Índice para catálogo sistemático:
1. Literatura francesa : Romance 843

Bruna Heller — Bibliotecária — CRB 10/2348

todavia
Rua Fidalga, 826
05432.000 São Paulo SP
T. 55 11. 3094 0500
www.todavialivros.com.br

Cet ouvrage, publié dans le cadre du Programme d'Aide à la Publication année 2019 Carlos Drummond de Andrade de l'Institut Français du Brésil, bénéficie du soutien du Ministère de l'Europe et des Affaires étrangères.

Este livro, publicado no âmbito do Programa de Apoio à Publicação ano 2019 Carlos Drummond de Andrade do Instituto Francês do Brasil, contou com o apoio do Ministério francês da Europa e das Relações Exteriores.

fonte
Register*
papel
Pólen natural 80 g/m²
impressão
Geográfica